Matt Haig
Um Ratinho chamado Miika

com ilustrações de Chris Mould

Tradução
Eliana Rocha

Ciranda Cultural

Copyright © Matt Haig, 2021
Ilustrações © Chris Mould, 2021

Publicado mediante acordo com a Canongate Books Ltd.,
14 High Street, Edinburgh EH1 1TE

Título original em inglês
A mouse called Miika

© 2022 desta edição:
Ciranda Cultural Editora e Distribuidora Ltda.

Texto Matt Haig	Preparação Karina Barbosa dos Santos
Ilustrações Chris Mould	Revisão Maitê Ribeiro e Ana Paula de Deus Uchoa
Tradução Eliana Rocha	Produção editorial Ciranda Cultural

Dados Internacionais de Catalogação na Publicação (CIP) de acordo com ISBD

H149u   Haig, Matt

Um ratinho chamado Miika / Matt Haig; ilustrado por Chris Mould ; traduzido por Eliana Rocha. - Jandira, SP : Ciranda Cultural, 2022.
166 p. : il.; 15,50cm x 22,60cm.

Título original: A mouse called Miika
ISBN: 978-85-380-9889-8

1. Literatura infantojuvenil. 2. Amizade. 3. Fantasia. 4. Amor. 5. Aventura. I. Rocha, Eliana. II. Mould, Chris.

2022-0508

CDD 028.5
CDU 82-93

Elaborado por Lucio Feitosa - CRB-8/8803

Índice para catálogo sistemático:
1. Literatura infantojuvenil 028.5
2. Literatura infantojuvenil 82-93

1ª Edição em 2022
www.cirandacultural.com.br
Todos os direitos reservados.
Nenhuma parte desta publicação pode ser reproduzida, arquivada em sistema de busca ou transmitida por qualquer meio, seja ele eletrônico, fotocópia, gravação ou outros, sem prévia autorização do detentor dos direitos, e não pode circular encadernada ou encapada de maneira distinta daquela em que foi publicada, ou sem que as mesmas condições sejam impostas aos compradores subsequentes.

Para Lucas e Pearl

Sumário

O conto dos dois ratos 7

O rato que não tinha nome 11

O Mundo Lá Fora 19

Um rato, um humano e uma rena 21

O voo 27

O queijo que nunca foi provado 29

O pouso 31

Na cabana da Pixie Verdadeira 35

O *Livro de esperança e fascínio* 39

Uma rata chamada Bridget, a Valente 47

A Coruja das Neves 55

Encrencada 59

O impossível 63

A discussão 67

Solidão infinita e decepção arrasadora 73

Um adorável cogumelo de pintas brancas 77

O plano Urga-burga 83

O Vale dos Trolls 89

O queijo voador 99

O melhor sabor do universo 109

Como as estrelas brilham 113

Miika entra em pânico 119

Ladrão de queijo 123

Nikolas conta uma mentira 129

Coisas grandes e coisas pequenas 133

Achatado 141

Coisas muito mais importantes que um queijo 143

O mais alto que um rato consegue 147

O importante é como as coisas terminam 151

Um rato feliz 157

O conto dos dois ratos

Dois ratos estavam sentados em uma floresta, encostados em um pinheiro.

Eles eram amigos. E pareciam bem comuns. Tinham olhos escuros comuns, o focinho rosado comum e a cauda comum.

Só que eles moravam em um lugar bastante incomum. Porque moravam no Extremo Norte.

No ponto mais alto de um país que os humanos chamam de Finlândia, existe uma pequena cidade chamada Vila dos Duendes, o lugar mais diferente do planeta. Um lugar que você não encontrará em nenhum mapa. Um lugar cheio de casas de madeira bem coloridas em ruas sinuosas. Um lugar cheio de duendes, renas voadoras e algumas *pixies*.

Um dos ratos chamava-se Miika. Era o menos maltrapilho dos dois, mas, ainda assim, era bem maltrapilho. Seu pelo marrom vivia pontilhado com migalhas de cogumelos no peito e na barriga. Ao contrário da amiga, Miika gostava dos duendes, das renas e das *pixies* da Vila dos Duendes.

– Que bom que encontrei você – disse ele, olhando através das árvores cobertas de neve.

– E por que isso, Miika? – suspirou a rata, como se já tivesse ouvido aquelas palavras muitas vezes. Ela estava com o pelo cheio de lama e os bigodes com geada. Ela se chamava Bridget, a Valente. Bem, na verdade, seu nome era apenas Bridget, mas sempre exigia que Miika e todos os outros a chamassem de Bridget, a Valente. Porque ela era desse tipo de rata. Uma rata com atitude.

– Porque agora não me sinto mais sozinho. Encontrei alguém igual a mim.

Bridget, a Valente, riu. Ela olhou além dos pinheiros altos, descendo em direção às casas de madeira coloridas da Vila dos Duendes que tanto odiava.

– Você não é igual a mim, Miika.

– Por que não?

– Bem – disse ela –, eu sou Bridget, a Valente. Eu sou destemida. Você não é. Essa é uma das diferenças.

Miika queria perguntar de que outras maneiras eles eram diferentes, mas estava com muito medo. Então, apenas ficou lá, olhando para o cogumelo à sua frente, e se lembrou do comecinho da sua vida, quando morava em um buraco de árvore escuro e úmido.

O rato que não tinha nome

A primeira coisa que você deve saber sobre Miika é que ele nem sempre foi chamado de Miika. Quando era bem pequeno, ele não tinha nome algum.

Não porque os ratos não dão nome aos filhos. Eles fazem isso, claro. Acontece que normalmente os pais dão nome aos filhotes quando estes nascem, e o problema com os pais de Miika é que não sabiam da existência dele.

Seu pai, Munch, não sabia que Miika existia porque, quando Miika nasceu, Munch estava sendo comido por uma grande coruja cinza. E é difícil ser um bom pai quando a gente está sendo digerido.

Sua mãe, Ulla, não tinha tanta desculpa, porque, pelo menos, estava viva. Mas estava muito, muito, muito cansada.

E a razão de ela estar muito, muito, muito cansada era porque Miika não era seu único filhote. Na verdade, Miika era um de muitos filhotes. Era o décimo terceiro, e último, dos irmãos.

E, embora Ulla tenha nomeado os outros doze filhotes que teve naquela noite, ela adormeceu quando chegou a vez de Miika.

Quando ela acordou, Miika era apenas um dos 109 ratos que ela havia dado à luz naquele ano, em um total de onze ninhadas. Mesmo quando alguns dos outros bebês já eram marrons e peludos, ao contrário da gangue de recém-nascidos rosa e sem pelos, ela achava difícil tomar conta de todos. Então, ela nem se preocupou, e Miika passou seus primeiros dias e semanas acreditando que se chamava "Aquele", "Aquele lá", "Por favor, saia" ou "Seu traseiro está na minha cara".

Miika passou aqueles primeiros dias com muita fome. Era o rato mais fraco, mais minúsculo, mais novo, mais ignorado e mais faminto daquele buraco de árvore escuro e úmido e lotado, e provavelmente dono da barriga mais barulhenta de todo o universo.

Mas um dia, algo aconteceu.

Ulla voltou com um achado especial.

– Isto – ela disse a todos os ratinhos reunidos à sua volta – é algo de fato bem emocionante. É um cogumelo inteiro. O melhor de toda a floresta. Como todos nós já comemos hoje, vamos todos dormir agora e comê-lo amanhã no café da manhã.

Mas Miika pensou: "Espere um minuto. Eu não comi hoje".

E se lembrou da última vez que a mãe tinha trazido para casa um cogumelo para o café da manhã.

Miika tinha sido empurrado e esmagado e achatado e espremido e acabou ficando só com uma ínfima migalha.

Então, desta vez, ele decidiu fazer algo diferente.

Naquela noite, quando todos os irmãos e irmãs estavam dormindo, ele rastejou silenciosamente até a mãe, que roncava, e olhou para o cogumelo que ela estava abraçando enquanto dormia.

Seu estômago roncou.

Ele olhou e olhou e olhou.

E ele sabia que, se esperasse até de manhã, não iria dar nenhuma mordida no cogumelo. E parecia tão saboroso!

Então, ele fez algo terrível.

Gentilmente, puxou o cogumelo dos braços da mãe e deu uma mordidinha.

E depois deu outra mordidinha.

E outra.

E outra.

E continuou mordiscando até que o cogumelo inteiro se foi.

Então ele se afastou na ponta dos pés e se deitou e adormeceu. Foi o melhor sono que teve em toda a sua curta vida, porque foi a única vez que ficou de barriga cheia. E não há sono tão bom como um sono de barriga cheia.

E dormiu a noite toda, até que um grito o tirou de seus sonhos felizes.

– QUEM ROUBOU O COGUMELO? – Ulla rugiu para a ninhada sonolenta.

Bem, talvez não tenha sido um rugido. Quando um rato ruge, só é alto para os outros ratos. Qualquer pessoa só ouviria o mais ínfimo dos minúsculos guinchos.

Mas para Miika foi um rugido, e ele ficou tão assustado que tremia como uma folha ao vento e não disse nada.

Ele não disse nada o dia todo. E não disse nada a noite toda.

Estava com tanto medo de ser descoberto que se sentiu mal. Precisava fugir. Mas para onde poderia ir?

Naquela noite ele ouviu sua irmã Yala conversando com um dos irmãos sobre algo chamado "O Mundo Lá Fora".

– O Mundo Lá Fora é um lugar muito perigoso, cheio de criaturas mortais chamadas corvos e corujas e falcões e humanos. Mas também tem comida. Cogumelos e insetos, e algo maravilhoso conhecido como queijo.

Miika ficou de orelhas em pé ao ouvir a palavra "queijo", mas fingiu que estava dormindo. Sabia que os irmãos não iam querer que ele participasse se percebessem que estava escutando. Então ficou imóvel, enrolado em uma folha lamacenta, e ouviu no escuro úmido enquanto Yala continuava. Seus olhos negros e brilhantes estavam bem abertos e sua cauda se sacudia de animação a cada palavra.

– Nesse mundo, irmãozinho, é melhor se preocupar apenas com você. Assim que você começar a se preocupar com os outros, terá de lidar com todos os tipos de problemas. Então, vá atrás do queijo sempre que puder. Se achar queijo suficiente para viver, você nunca, e eu repito, NUNCA, vai querer saber de outra coisa. Isso é o melhor que a vida tem para oferecer.

Miika sentiu que aquela mensagem era para ele. Não conseguiu dormir. Sabia o que tinha de fazer.

Nas primeiras horas da manhã seguinte, Miika passou por cima de mais de cem ratos, que ainda dormiam.

– Desculpe... desculpe... desculpe! – dizia ele, enquanto todos resmungavam, guinchavam e reclamavam.

E então ele chegou.

Uma luz brilhante, gloriosa, aterrorizante.

Era a entrada do buraco na árvore.
Ele espiou e viu o céu azul e a grama coberta de geada.
Foi a coisa mais assustadora e mais bonita que ele já tinha visto.
Mas ele faria o que tinha de fazer. Ia sair do buraco na árvore.
O exterior parecia menos assustador do que ser descoberto como ladrão de cogumelos. Iria para O Mundo Lá Fora sem nada.
Apenas com ele mesmo.
(E sua culpa secreta.)
Miika olhou para todos os irmãos e irmãs.
– Bem, tchau para todos. Estou indo para O Mundo Lá Fora.
Mas é claro que ninguém estava ouvindo. Suas palavras passaram despercebidas, como a neve se derretendo e se transformando em chuva antes de atingir o chão.
– Tchau, mãe – disse ele, tentando esconder a tristeza da voz. – Estou assustado...
Mas Ulla apenas virou para o lado, dormindo. E Miika deixou para trás a escuridão, a umidade e os irmãos adormecidos e saiu para o mundo.

O Mundo Lá Fora

Durante dias e semanas depois de ter saído do buraco da árvore, Miika passou todas as noites tremendo de frio e medo, sem nunca encontrar cogumelos suficientes para comer, dormindo sob folhas encharcadas e sonhando em ter a barriga cheia.

Então um dia ele encontrou uma casinha na floresta. Uma casa de humanos, onde um lenhador morava com seu filho, Nikolas.

Ali ele encontrou conforto e uma lareira acesa. Nikolas se tornou seu amigo e o ensinou a falar palavras humanas. E foi ali que Nikolas deu a ele um nome: Miika.

Um dia, o pai de Nikolas não voltou para casa de uma de suas expedições, então Nikolas levou Miika em uma jornada perigosa para encontrá-lo. Eles compartilharam uma grande aventura em direção ao Extremo Norte. E Miika sentiu que eram os melhores amigos do mundo inteiro.

Depois disso, decidiram ficar na Vila dos Duendes com os duendes. Miika passou muitos anos sem encontrar qualquer outro rato, mas aprendeu tudo sobre encantamentos mágicos (os criassonhos, como dizem os duendes), sobre *pixies* que só conseguiam falar a verdade e, o melhor de tudo, sobre o queijo *troll*.

Mas foi uma alegria quando Miika encontrou uma ratinha com quem passear. Bridget, a Valente, morava em uma árvore onde acumulava uma bagunça de cogumelos e queijo roubado. E, ao contrário de Miika, não queria saber das outras criaturas do Extremo Norte.

Nem mesmo das renas.

Um rato, um humano e uma rena

Isso nos traz ao ponto onde começamos. O dia em que Miika e Bridget, a Valente, estavam encostados no pinheiro.

Depois de dividirem um cogumelo, Miika deixou Bridget, a Valente, e voltou, atravessando as Colinas do Bosque, até a Vila dos Duendes. No caminho, topou com uma duende chamada Loka, que o cumprimentou e lhe deu um minúsculo pedaço de queijo.

Uma hora depois, Miika ainda estava mordiscando aquele delicioso queijo *troll* enquanto descansava apoiado na barriga grande, marrom e peluda de sua rena favorita, Blitzen.

– Acho que este é o melhor queijo que Loka já fez – disse ele a Blitzen. – Ela é tão gentil! Ela merece coisa melhor do que Moodon. Bem, eu sei que ele é legal, daquele jeito duende de ser, mas ela nunca deveria ter se casado com ele. – Miika suspirou. – Não estou dizendo que ela deveria ter se casado comigo. Quer dizer, teria sido estranho. Um rato e uma duende provavelmente não teria dado certo. Mas Moodon? Ele é um fungo nojento.

"Fungo nojento" era uma expressão que Miika tinha aprendido com a Pixie Verdadeira, que morava com ele. Ele não sabia o que significava, mas sabia que era algo incrivelmente grosseiro, porque tinha pedido à Pixie Verdadeira que lhe falasse a expressão mais grosseira que ela conhecia, e ela disse "fungo nojento". Afinal, ela era a Pixie Verdadeira e não conseguia mentir.

Blitzen não disse nada. Blitzen nunca dizia nada. Blitzen apenas ficou ali deitado na neve do Campo da Rena, observando suas amigas renas correndo umas atrás das outras e (possivelmente) desejando que o rato o deixasse sozinho.

Miika ouviu vozes e se virou, então viu Nikolas caminhando rapidamente pelo campo, deixando pegadas de botas na neve. Estava curvado e conversando com alguns duendes da oficina.

– Oi! – disse Miika. – Eeeeei! – ele tentou chamar o garoto pelo nome. – Nikolas! Nikolas! – e então tentou seu apelido, como a mãe costumava chamá-lo. – Natal! Aqui! Sou eu, Miika!

– Ah, oi, Miika – disse o menino, sorrindo enquanto continuava andando. – Desculpe. Estamos com um pouco de pressa. Eu adoraria parar e conversar, mas haverá uma reunião do Conselho dos Duendes em dois minutos. É bem urgente. É sobre suprimentos de biscoitos de gengibre. Até mais!

Miika sorriu de volta, tentando esconder a tristeza. – Ok, sim, tudo bem. Entendo. Até mais tarde... Estou apenas passeando com Blitzen. Sabe, um passeio entre amigos. Estamos nos divertindo muito.

Mas no fundo ele desejou que Nikolas tivesse mais tempo para ele, como antigamente. Mas Nikolas, o único humano num raio de quilômetros, era tão popular com os duendes que sempre tinha alguma coisa importante para fazer.

"Ele nem é um duende", Miika pensou, mal-humorado. E se animou ao lembrar que na verdade não precisava de Nikolas, porque passava quase todas as tardes com outra amiga: Bridget, a Valente, sua travessa companheira. Então, ele se lembrou do que Bridget tinha dito. Sobre ele não ter coragem. Talvez ele precisasse se esforçar para ser destemido. Como Bridget, a Valente.

– Sim – disse ele para si mesmo. – Valente.

Miika se voltou para a rena:

– Blitzen, tive uma ideia. Podemos voar, Blitzen? O que você acha? Só para me levar para casa?

Blitzen bocejou e olhou feio para Miika. Miika sabia que estava abusando da sorte.

– Por favor, Blitzen! Vamos, garotão! Vai ser divertido. Vou segurar no seu pescoço.

Blitzen não se mexeu.

– Olhe, está escurecendo. E está ficando frio. É uma longa distância para eu caminhar de volta até a casa da Pixie Verdadeira. Você podia me levar lá!

Blitzen suspirou novamente. Mas dessa vez foi um suspiro diferente. Um suspiro que dizia "Tudo bem então, suba, seu ratinho irritante". Então, Miika agarrou-se ao pelo quentinho da barriga de Blitzen, que se abaixou para que o ratinho montasse nele.

– Obrigado, Blitzen – disse Miika.

E partiram. Galopando pelo campo nevado, que mesmo em pleno verão era tão branco e fofo quanto a barba do Papai Noel.

Então veio a parte favorita de Miika. A parte mágica. Ele se esforçou para ouvir. Ou, melhor, para não ouvir. O momento em que os cascos de Blitzen pararam de bater contra o chão e ele galopou silenciosamente pelo ar frio do norte.

Cada vez mais alto, contra as leis da gravidade, e rumo ao céu.

O voo

 nquanto sobrevoavam a Vila dos Duendes, acima do Lago Espelhado congelado e das casas dos duendes enfeitadas de neve e das lojas que se alinhavam ao longo da Rua das Sete Curvas, Miika estava se sentindo valente. Muito valente. "Espere até Bridget, a Valente, saber disso", ele pensou. Mas não conseguia deixar de pensar que poderia ser ainda mais valente.

E assim, quando o vento aumentou e agitou seu pelo, o ratinho rastejou em direção ao pescoço de Blitzen e continuou voando.

Blitzen virou a cabeça e olhou feio de novo para o rato.

– Vai ficar tudo bem, garotão – Miika disse. – Eu prometo. É que eu tenho de fazer isso.

E ficou tudo bem. Por um instante. Até que Miika se precipitou e correu para cima da cabeça de Blitzen, depois continuou até a ponta de sua galhada. Lá, ele se equilibrou nas patas traseiras, sentindo a rajada de vento frio.

– Urruul! Surfando na galhada!

Miika olhou para as janelas iluminadas da Vila dos Duendes e depois para a floresta. Esperava que Bridget, a Valente, estivesse fora do seu buraco, observando sua valentia.

Mas então, do nada, algo entrou voando no seu campo de visão. Uma criatura. Outra rena. Com uma faixa branca na testa. Era Cometa, que estava escondida debaixo deles e se ergueu rápido à sua frente. Cometa era a mais atrevida das renas e adorava surpresas. Mas não conseguiu ver que Miika estava lá, equilibrando-se na galhada de Blitzen.

Com a surpresa, Blitzen atirou a cabeça para trás.

– Aaaaaahhhhhh! – gritou Miika, tentando se segurar.

Mas era tarde demais.

Ele estava caindo no ar, caindo e caindo, cada vez mais rápido. Desesperado, Blitzen tentou ver seu amiguinho, mas Miika já tinha se perdido na escuridão do céu noturno.

SCUIIIIIIIIIIIC!

O queijo que nunca foi provado

Enquanto era arremessado e girava pelo ar, Miika lembrou que Bridget, a Valente, tinha lhe contado sobre o queijo mais incrível e especial que ela já tinha provado.

– O queijo mais incrível e especial que já provei – disse ela – era um queijo chamado Urga-burga. É o queijo mais fedido e o melhor de todo o universo. Tem cor azul-mofo, como um céu claro, e não é só o gosto que é excepcional, ele faz a gente se sentir excepcional. Uma mordida e a gente fica feliz por dias. É incrível! Eu só provei uma vez. Mas espero provar de novo um dia...

E Miika percebeu que ia morrer sem nunca ter provado o queijo Urga-burga.

O *pouso*

O problema não foi a queda.

Foi o pouso.

O corpo de Miika pousou fazendo "CREC" no telhado nevado da casa de um duende, depois ricocheteou pelos telhados rua abaixo, em meio aos sons das conversas noturnas habituais e ao cheiro de biscoito de gengibre.

Miika teve a sensação de que seu corpo tinha se partido em mil pedaços e cada pequeno osso havia sido colocado de volta na ordem errada.

Embora a rua estivesse cheia de duendes, todos estavam ocupados e ninguém percebeu que Miika tinha caído no chão. Bem, ninguém exceto uma duende de olhos arregalados e bochechas marcadas que estava olhando da janela de uma casa do outro lado da rua.

Ele reconheceu a garota. Era a Pequena Noosh.

Um segundo depois, ela saiu correndo de casa no meio da neve na direção de Miika, mas ele não conseguia mais vê-la. Tudo estava muito escuro.

Na cabana da Pixie Verdadeira

"Acho que estou morto", pensou Miika. "Mas, se estou achando que estou morto, provavelmente não estou morto. Tenho quase certeza de que pensar é uma coisa que a gente só pode fazer se estiver vivo."

Então ele percebeu algo.

Toda a dor havia sumido.

Seu corpo machucado, que tinha batido com tanta força no telhado e depois no chão, parecia totalmente normal. Na verdade, Miika se sentia melhor do que o normal. Parecia que todo o seu corpo estava sendo preenchido por uma calda quente. E havia um aroma familiar, mas delicioso, no ar.

Ele abriu os olhos.

E percebeu que não estava mais na rua. Estava na casinha aconchegante onde ele morava com a Pixie Verdadeira.

E ali estava a própria Pixie Verdadeira, bem à sua frente, segurando um minúsculo pedaço de queijo diante do seu nariz. Miika o engoliu de uma só vez.

– O que aconteceu? – ele perguntou.

A Pixie Verdadeira encolheu os ombros.

– Eu estava sentada na cadeira de balanço, lendo um pouco. Foi agradável e relaxante. O livro que estou lendo é aquele ali. Chama-se *Os duendes muito idiotas que explodiram*. É muito bom. Tão inteligente. Tão profundo. Muito comovente. Faz eu me lembrar do dia hilário em que dei a um *troll* uma folha de colaboca e fiz sua cabeça explodir. Mal posso esperar para discutir esse assunto no Clube do Livro das Pixies. Como sou a única integrante do Clube das Pixies, por enquanto serei apenas eu falando comigo mesma. Algo que, pensando melhor, posso fazer a hora que eu quiser.

Miika balançou a cabeça.

– Eu perguntei o que aconteceu comigo.

A Pixie Verdadeira se assustou e deu um tapa no próprio rosto, como se tivesse acabado de entender.

– Ah, com você! Hum, na verdade eu não sei. A Pequena Noosh carregou você até aqui e disse que você havia sofrido uma pequena queda. Mas você parece perfeitamente bem agora.

– Uma pequena queda? Eu caí do céu!

– Do céu? O que você estava fazendo no céu?

– Eu, hum, bem... Eu estava montado no Blitzen. Ele estava me trazendo para casa. E, sim, eu escorreguei de sua galhada, e caí em um telhado, e foi muito doloroso, e tive a impressão de que ia morrer... mas agora me sinto... bem. Melhor que bem.

A Pixie Verdadeira se assustou novamente. E então sorriu. E depois deu uma risadinha. E continuou rindo por tanto tempo que pareceu uma hora.

– O que é tão engraçado? – perguntou Miika depois.

– Acabei de entender o que aconteceu com você! – disse a Pixie Verdadeira, acalmando-se.

– O quê? – Miika perguntou, contraindo o focinho de preocupação.

– Você não sabe?

– Não sei o quê?

A Pixie Verdadeira se aproximou e sussurrou como se estivesse prestes a lhe contar o maior segredo do mundo:

– Eu acho, meu amigo ratinho, que você foi enfeitiçado.

O Livro de esperança e fascínio

Era verdade.

Miika pediu à Pixie Verdadeira que o levasse com urgência para visitar a Pequena Noosh e o Pai Topo em sua casa na Rua das Sete Curvas.

– Um momento – disse a Pixie Verdadeira, apontando para o seu livro. – Só falta uma frase. A gente nunca pode parar uma história quando só falta uma frase. Dá azar. Uma vez conheci alguém que parou de ler uma história perto do final.

– O que aconteceu?

– Ela morreu. Quer dizer, isso aconteceu 17 anos mais tarde. Mas todo cuidado é pouco.

E então ela terminou de ler *Os duendes muito idiotas que explodiram*, enxugou as lágrimas, colocou Miika no bolso e desceu correndo a colina rumo à Vila dos Duendes.

Dentro da casa dos duendes, com o piso inclinado e armários tortos, as coisas tornaram-se claras.

Depois de ter visto Miika caído na rua, a Pequena Noosh o pegou e descobriu que havia mesmo lançado um criassonho, o que obviamente funcionou, porque ele continuou vivo. E agora ele estava sem dor! E a Pequena Noosh estava muito animada com isso, porque era a primeira vez que fazia um encantamento, mas seu tatatatataravô não ficou tão impressionado.

– Pequena Noosh, eu já lhe disse muitas vezes – disse o Pai Topo, coçando a barba. – Nunca devemos tentar fazer encantamentos sem supervisão. Isso está no primeiro *Livro de esperança e fascínio*.

– Mas você não estava lá! E Miika estava em perigo. Eu tinha de fazer alguma coisa! Eu só coloquei as mãos nele e desejei que ele ficasse aquecido, forte, sempre em segurança.... Eu fiz um criassonho! Sei como é difícil enfeitiçar alguém, e eu não sabia se havia esperança o suficiente dentro de mim, mas imagino  que, sendo ele um rato, era pequeno o suficiente para que o encantamento funcionasse.

– Então estou enfeitiçado! – murmurou Miika.

– Sim. Você recebeu um criassonho – explicou o Pai Topo. – Como o que eu fiz para o Nikolas. Esse é um dos primeiros encantamentos na magia dos duendes.

– Isso significa que você agora é parte rato e parte mágica – explicou a Pequena Noosh, que estava brincando com um pião. – Da mesma forma que Nikolas é parte humano e parte mágica. É muito emocionante!

O Pai Topo suspirou enquanto verificava os biscoitos de gengibre em forma de duendes que estavam no forno.

– Não é emocionante, Pequena Noosh. É profundamente preocupante. Nenhum rato jamais foi enfeitiçado.

– O que pode dar errado? – perguntou Miika, em uma voz que teria sido pálida e cor-de-leite, se as vozes pudessem ter cor.

Foi nesse momento que a Pixie Verdadeira entrou na conversa.

– Todos os tipos de coisas – disse ela. – Por exemplo, uma vez uma ursa foi enfeitiçada e ficou louca. Passou dias inteiros conversando com a neve e comendo cocô de rena. Foi muito triste.

– Caramba! – disse Miika. – Isso não parece divertido.

– Espere, Pixie Verdadeira – disse o Pai Topo, tirando os biscoitos de gengibre do forno. – Isso foi há muito tempo. E foi um caso muito raro.

– Então, o que você acha que vai acontecer comigo? – Miika perguntou ao velho duende sábio.

O Pai Topo colocou os duendes de gengibre em uma bandeja e os ofereceu a todos.

Ele até partiu um pedacinho e deu a Miika. O biscoito de gengibre talvez não fosse tão saboroso quanto queijo, mas era um milhão de vezes melhor do que cogumelos, e Miika sempre era grato por isso.

– O que eu acho que vai acontecer com você – disse o Pai Topo. – Hummm... Bem, acho que depende muito de você.

– De mim? Ah, não.

O Pai Topo balançou a cabeça.

– Sim. Veja bem, o criassonho basicamente aumenta as qualidades que você já tem. Seu potencial. Isso significa que você terá a chance de descobrir quem você realmente é. O criassonho dá poderes diferentes a pessoas diferentes, mas uma coisa é certa, pequeno Miika, sua vida nunca mais será a mesma.

Uma rata chamada Bridget, a Valente

Bridget, a Valente, era a única rata que Miika havia conhecido desde que chegara ao Extremo Norte. Ele a conheceu num dia em que estava se sentindo muito solitário, porque Nikolas estava ajudando a organizar o concurso de bolas de neve da Vila dos Duendes e a Pixie Verdadeira estava escrevendo um livro de poesia.

Isso foi alguns meses antes.

E agora eles eram bons amigos. Miika sabia disso, porque já havia perguntado isso a ela 72 vezes.

– É uma sensação boa – pensou Miika em voz alta – ter uma amiga da mesma espécie. Ei, por falar nisso, você sabe por que há tão poucos ratos por aqui?

De acordo com Bridget, a Valente, havia outros ratos, mas quase todos haviam achado o Extremo Norte muito frio e foram para o sul. Ou tinham sido comidos por uma coruja chamada Coruja das Neves.

– Gulp! – engoliu Miika.

– Exatamente – disse Bridget, a Valente. – Mas faz um bom tempo que não vejo qualquer vestígio da Coruja das Neves e, para ser honesta, quanto menos ratos existirem, mais comida haverá para nós.

Eles estavam caminhando pelas Colinas do Bosque, em um caminho sem neve e bem trilhado, procurando cogumelos.

– Isso é verdade, Bridget. Mas você nunca enjoa de cogumelos?

Bridget, a Valente, parou e deu o suspiro mais longo de toda a história dos ratos.

– Claro. Estou muito, muito enjoada de cogumelos. Mas não sou como você. Não tenho todos os seus contatos com duendes. Não posso ir até um duende, fazer uma carinha bonita e conseguir que ele me dê queijo! Na verdade, toda vez que vou para a Vila dos Duendes, eles me expulsam.

Miika olhou para a amiga. Ela parecia mais enlameada e maltrapilha do que nunca, e isso o deixou muito incomodado.

– Bem – disse Miika –, não é minha culpa se você, hum, tentou roubar a Loja de Queijos da Vila dos Duendes.

Bridget, a Valente, resmungou.

– Tentei?! Não houve tentativa nenhuma. Eu consegui roubar a Loja de Queijos da Vila dos Duendes. É que eles me pegaram. Duendes estúpidos e metidos a bonzinhos!

Miika não gostava quando Bridget, a Valente, falava assim. E ela falava assim muitas vezes, mas o que ele detestava ainda mais era a ideia de perder a amiga.

– Sim – disse Miika, tentando impressioná-la. – Duendes metidos a bonzinhos.

Mas então, pouco mais à frente, ele viu alguém.

– É melhor ficarmos quietos – disse Miika, apontando para um duende de túnica azul agachado entre as árvores, colhendo pinhas. – Quietos como ratos. Porque, sabe, duendes também têm sentimentos!

– Ele não vai me ouvir. E eu não me importo.

– Os duendes, na verdade, têm a audição muito boa. E entendem noventa por cento dos animais, inclusive ratos. Não é mesmo, Kip?

O duende se virou ao ouvir seu nome, enquanto colocava outra pinha em sua cesta. Ele sorriu. E acenou com a cabeça. E não disse nada, apenas continuou coletando pinhas.

Miika percebeu que o vento soprava frio, porque Bridget, a Valente, estava tremendo.

– Ess-qui-qui-sito – sussurrou Bridget, a Valente, gaguejando de frio.

– Ele já passou por muita coisa – disse Miika.

– E daí? Por que você se importaria com isso?

– Eu? Não me importo – fingiu Miika. – De jeito nenhum.

Bridget, a Valente, avistou um cogumelo verde-claro perto de um arbusto de colaboca e correu em sua direção. Miika a seguiu e sentou-se ao lado dela em meio às folhas polvilhadas de neve.

– Hoje es-t-t-tá tão frio – disse Bridget, a Valente, fazendo drama.

– Está, é? – disse Miika, que se sentia perfeitamente aquecido.

– Sim! Está co-co-congelando. É o dia mais fri-io do verão.

Miika logo concordou. E imaginou se era porque tinha sido enfeitiçado que não estava sentindo frio.

– Sim – ele mentiu. – Na verdade, agora que reparei, está muito frio mesmo, não é?

– Então – disse Bridget, a Valente, com a boca cheia de cogumelo –, o que você tem feito, Miika? Parece que há algo diferente em você.

Miika ficou preocupado. Não queria contar à amiga que tinha sido enfeitiçado. Já era ruim o suficiente que Bridget, a Valente, soubesse que ele vivia com uma duende, conhecia duendes e era amigo de um humano. Se ele dissesse que estava enfeitiçado, tinha poderes mágicos e talvez pudesse viver para sempre, ele duvidava de que ela ainda quisesse ser sua amiga.

– Aahh – disse Miika. – O que eu tenho feito? Boa pergunta. O que tenho feito? O que tenho feito? Não muita coisa, sabe? Eu só fico por aqui... sentado. E dormindo. E existindo. E tentando ficar longe do frio. Tem sido uma época muito normal. Totalmente normal. Normalzona.

De certa forma, Miika achava que isso não era bem uma mentira. Ou pelo menos não uma grande mentira.

Sabe, apesar da queda, da experiência de quase morte e

do encantamento, nada mais havia mudado. Se Miika tinha mesmo poderes mágicos, ele não tinha descoberto. Exceto, bem, ele se sentia aquecido de verdade, e Bridget, a Valente, não, então talvez isso tenha sido tudo o que aconteceu.

Ela de repente parou de mastigar o cogumelo.

– Ah, não! – disse ela.

– O quê? – perguntou Miika.

– Veja!

Miika olhou para onde ela estava apontando e viu uma grande bola preta na neve, ali perto, entre as árvores.

Bridget, a Valente, correu para inspecioná-la, com Miika logo atrás.

– Você sabe o que é isso, não é? – Bridget perguntou.

– O quê?

– É um perigo mortal. É isso.

Não parecia exatamente um perigo mortal, pensou Miika. Parecia uma grande bola de lama preta. Mas então Miika percebeu algo saindo de dentro dela. Algo duro e branco como um osso. Um pequeno crânio. Um crânio delicado. Um crânio de rato.

Nervosa, Bridget, a Valente, olhou para o céu.

– Veja, Miika, esta bola de lama não é uma bola de lama qualquer. Isto é uma pelota de coruja. E você sabe o que é uma pelota de coruja, não sabe?

– O quê? – disse Miika, com sua voz pálida.

– É a coisa mais nojenta de toda a natureza. Vômito de coruja. Todas as coisas que o estômago dela não quer digerir. Todo o pelo e os ossos. E v-v-veja a cor. Está totalmente preto.

Quer dizer que está fresco. Isso significa que a Coruja das Neves deve estar por aqui, em algum lugar. Provavelmente está nos observando agora.

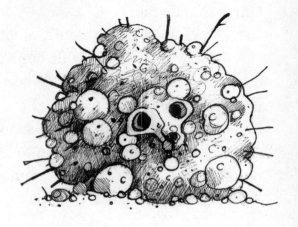

A Coruja das Neves

iika engoliu em seco.

Ele sempre pensou que as histórias terríveis da Coruja das Neves não fossem verdade, porque Bridget, a Valente, tinha o hábito de exagerar e inventar coisas. Como daquela vez em que ela disse que tinha feito um urso marrom fugir só de olhar feio para ele. Mas não tinha como negar a existência de uma bola gigante regurgitada de rato não digerido!

Enquanto se afastava daquela visão monstruosa, ele viu algo ainda pior.

Sentado no galho acima deles estava algo branco como a neve e oval e cheio de penas, salpicado de pequenas marcas pretas. Algo com grandes olhos amarelos imóveis, olhando diretamente para eles. Algo intocado, belo e assustador.

– Ela está ali – sussurrou Miika. – É a Coruja das Neves.

– Corra! – gritou Bridget, a Valente, ou, naquele momento, Bridget, a Não Tão Valente.

E os dois ratos, assustados, observavam horrorizados enquanto a coruja abria suas imensas asas e voava bem na direção deles.

Encrencada

Nem o rato mais rápido do mundo consegue correr mais rápido do que o voo de uma coruja. E Miika e Bridget, a Valente, estavam longe de ser os ratos mais rápidos do mundo.

Eles estavam muito longe do buraco da árvore de Bridget, a Valente, e não havia nenhum buraco de árvore à vista. Eles congelaram de medo.

– Nós vamos morrer! – disse Bridget, a Não Tão Valente.

Era difícil argumentar com uma enorme Coruja das Neves mergulhando no ar. E, ao contrário do que acontecia com as renas, era muito fácil entender a fala das corujas.

– Eu estou vendo vocêêêês – guinchou a Coruja das Neves. – E logo vou provar vocêêêês. Vocêêêês não vão conseguir escapar. Mas coooooorram. Eu aaaamo um almoço quente. Adorooo!

Os dois ratos começaram a correr, mas era muito difícil correr na neve fofa. E então Bridget, a Valente, ficou com uma pata presa embaixo de um galho.

– Miika! Meu melhor amigo no mundo todo! Socorro! Ajude a tirar esse galho de cima de mim! Por favor! Estou com medo!

– Estou indo – disse Miika, correndo para a amiga.

Mas era tarde demais.

A Coruja das Neves estava a centímetros do chão, logo acima de Bridget, a Valente.

– Vou pegar vocês!

Miika olhou para a coruja e por um momento não fez nada, exceto expressar um desejo. E desejou mais do que jamais desejara em sua vida. E o que ele mais desejou era que a coruja FOSSE EMBORA.

Assim que fez o desejo, sentiu que todo seu corpo ficava mais forte e que aquela calda quente o preenchia novamente. E, quando as garras da coruja estavam prestes a afundar na amiga, Miika se viu encarando a coruja com mais força do que havia encarado qualquer coisa na vida. E, enquanto encarava a coruja, sentiu o mundo inteiro desaparecer. Naquele momento, só havia ele, a coruja e uma única esperança: que a criatura fosse embora.

Então aconteceu a coisa mais incrível.

Uma explosão repentina de luz dourada surgiu imediatamente na frente da coruja como se fosse um pequeno sol, e esse sol pequenino pressionou o peito da Coruja das Neves, que foi atirada para trás como se tivesse sido atingida por uma bala de canhão.

Enquanto continuava encarando, Miika percebeu que aquele poder tinha vindo dele, o poder de mandar a Coruja

das Neves embora. Depois que a coruja recuou no meio do voo, Miika a manteve no lugar onde estava, logo acima de Bridget, a Valente, pairando como uma escultura de penas.

– Deixe a gente em paz – disse Miika com a voz, mas principalmente com a mente. – Nunca mais tente nos machucar. Ou a minha magia vai acabar com você. Entendeu?

A apavorada coruja estava claramente em um estado de choque.

– Siiiiiim.

– Ótimo. Agora vá. Voe para longe e não volte mais. E, se não desaparecer depois que eu contar até dez, você estará ENCRENCADA!

Com a força da mente, Miika libertou a coruja, que voou para longe, mais rápido do que o vento de uma nevasca.

O *impossível*

ridget, a Valente, mal conseguia falar. Sua boca abriu e fechou, abriu e fechou e abriu novamente.
– O que... você... fez?
– Acho que acabei de salvar sua vida. Nada demais.
– Miika! Você acabou de fazer uma luz aparecer do nada! Como? O quê? Como? Você fez o impossível!
E Miika se lembrou de algo que tinha ouvido do velho Pai Topo...

MATT HAIG

"O impossível é apenas o possível que você ainda não entende."

Eles voltaram correndo para o buraco na árvore onde Bridget, a Valente, morava, passando por Kip e por sua cesta cheia de pinhas, e Miika começou a explicar tudo para a amiga.

A discussão

e volta ao buraco da árvore, os amigos estavam sentados no escuro sobre uma pequena pilha de folhas úmidas, e Bridget, a Valente, estava zangada, suas minúsculas patas cruzadas combinando com a cara fechada.

— Então, suponho que você se ache valente agora, não é? Valente e especial.

— Não fale assim. Eu não pedi para ser enfeitiçado.

— Ser um rato comum nunca foi bom o suficiente para você, não é?

Miika balançou a cabeça. Tinha acabado de salvar a vida de Bridget, a Valente, e, pela primeira vez, decidiu dizer o que realmente sentia.

— Parece que você está com inveja.

— Não, Miika, não estou com inveja. Porque, ao contrário de você, não tenho vergonha de ser quem eu sou. Eu sou uma rata. Uma rata valente e destemida.

– Não tenho vergonha nenhuma – disse Miika.

– Hummm – disse Bridget, a Valente, coçando a barriga. – Acho que você tem um problema com o fato de ser um rato.

– Não tenho, não.

– Pense nisso. Você deixou sua família para trás...

– Minha família não me queria! Minha mãe nem me deu um nome!

Bridget, a Valente, ignorou os protestos de Miika.

– Então você foi embora e se tornou o melhor amigo de um humano...

– E daí?

– Agora você mora com uma duende...

– E daí?

– E você QUERIA ser enfeitiçado!

Bridget, a Valente, pronunciou a palavra "enfeitiçado" como se fosse um palavrão.

– EU NÃO QUERIA SER ENFEITIÇADO. EU NÃO PEDI PARA SER ENFEITIÇADO. EU NÃO PLANEJEI SER ENFEITIÇADO! E ACABEI DE SALVAR A SUA VIDA!

– Não, você não me salvou. A situação estava totalmente sob meu controle.

– Isso não é verdade, Bridget, e você sabe disso.

— Bridget, a Valente, esse é o meu nome.
— Desculpe, Bridget, a Valente. Mas você quis a minha ajuda. Você disse que estava com medo.
Após essas palavras, os olhos dela se arregalaram de raiva.
— Mentiroso! Eu nunca disse isso! Eu, Bridget, a Valente, jamais diria uma coisa dessas!
— Então, desculpe. Talvez eu tenha ouvido mal.
E Bridget, a Valente, fechou a cara de novo. Foi a carranca mais carrancuda que Miika já vira.
— A verdade, Miika, é que, planejando ou não, você foi enfeitiçado porque caiu de seu amigo idiota, o Blister.
— Blitzen.
— O quê?
— Ele se chama Blitzen.
— Sim. Foi o que eu disse. Blister. E isso também só aconteceu porque a duende conhecia você...
— Uau — sussurrou Miika. — Você está mesmo com ciúmes, não é?
Bridget, a Valente, arrotou um cogumelo.
— Por que eu teria ciúme de um rato que nem quer ser um rato? Veja, Miika, eu sei quem eu sou. Sou uma rata.
— Eu também sou rato.
— Não. Na verdade, não. Eu quero ser uma rata. E eu sou uma rata. Uma rata selvagem e livre que vive no buraco de uma árvore, comendo cogumelos e dormindo em uma cama de folhas. Já você mora naquela cabana amarela estranha, come migalhas de biscoito de gengibre e dorme em um tapete confortável perto da lareira, fica o ano inteiro esperando o

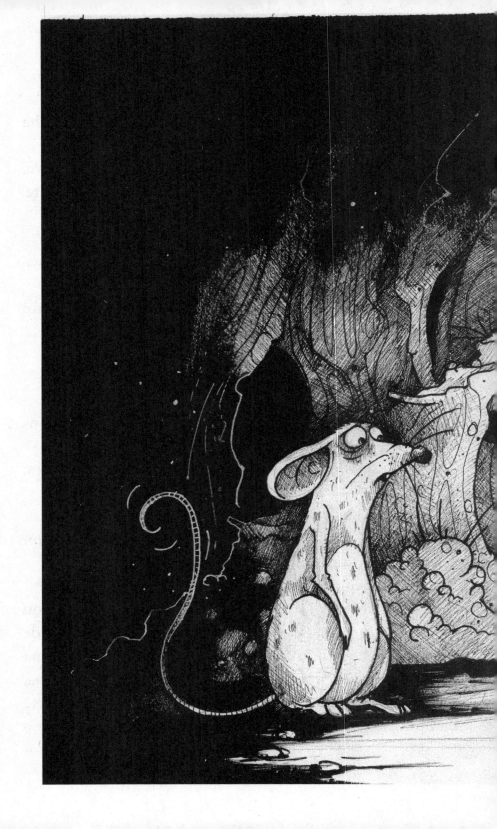

Natal. É mesmo muito, muito triste. Você é o traidor dos ratos. E, francamente, acho que não podemos mais ser amigos.

– O quê?!

Mas Bridget, a Valente, foi inflexível. Levantou-se e foi até a entrada do buraco da árvore. Apontou para a neve lá fora e as pinhas caídas.

– Vá em frente. Saia. Vá viver com as criaturas mágicas. Você claramente gosta mais delas do que dos ratos.

Miika sentiu que ia chorar, e ele nunca tinha chorado na vida.

– Isso é ridículo. Por favor, Bridget, a Valente. Isso é besteira.

Mas Bridget, a Valente, balançou a cabeça e apontou para a neve novamente.

– Tudo bem – disse Miika. E repetiu isso enquanto saía e voltava para o frio, mesmo quando Bridget, a Valente, não conseguia mais ouvi-lo. E continuou repetindo enquanto caminhava pela neve, passando por pinheiros gigantes e bétulas prateadas, por todo o caminho de volta à cabana da Pixie Verdadeira.

– Tudo bem – ele dizia, tentando não pensar na sensação quente e úmida em seus olhos e na sensação triste e pesada no corpo. – Tudo bem. Tudo bem. Tudo bem... Tudo bem.

Solidão infinita e decepção arrasadora

A Pixie Verdadeira estava ocupada escrevendo uma lista de seus duendes menos favoritos de todos os tempos, e Miika estava deitado em seu tapete ao pé da lareira.

– O Pixie Grump... – murmurou a duende. – Ele é o número 37. O Pixie de Olhar Estranho. Definitivamente, número 36...

Então ela olhou para cima e viu Miika e a tristeza de suas orelhas caídas.

– O que está acontecendo com você? – ela perguntou.

– É uma longa história. Não quero aborrecer você com isso.

– Que bom. Porque não quero ficar chateada – e ela continuou com a lista. – Número 35. O Pixie de Cantoria Incessante...

Mas Miika decidiu agir como se a Pixie Verdadeira estivesse interessada.

– Eu só tinha uma amiga rata. E agora não tenho nenhuma. Ela pensa que, só porque estou enfeitiçado, isso prova que não quero ser um rato.

– Bem – suspirou a Pixie Verdadeira –, para ser justa, você não age como um rato.

– O quê? – disse Miika, sentando-se.

– Olhe para você. Você está em um tapete. Ao pé da lareira. É praticamente um gato.

– Isso é uma coisa nojenta de se dizer, Pixie Verdadeira.

A Pixie Verdadeira encolheu os ombros.

– A verdade é tudo o que tenho.

Miika se lamentou.

– Eu só sinto que nunca vou me encaixar em lugar nenhum. Não sou duende. Não sou humano. Não sou *pixie*. E não sou nem rato. Pelo menos, não um rato do jeito certo...

A Pixie Verdadeira fez sinal afirmativo com a cabeça, sem tirar os olhos da lista.

– Talvez você tenha razão. Pode haver uma vida de solidão infinita e decepção arrasadora esperando por você.

– Ótimo – resmungou Miika.

– Mas eu sou igual – disse a Pixie Verdadeira. – Ninguém gosta de mim também. Bem, exceto o Nikolas, mas ele não conta, porque ele gosta de todo mundo. Até de você. E pelo menos eu e você temos um ao outro para conversar. Quer dizer, não me interprete mal, você às vezes é muito irritante, mas pelo menos está sempre por perto. E às vezes isso vale muito. Ter alguém à disposição.

Miika forçou um sorrisinho.

– Hum, obrigado... eu acho.

A Pixie Verdadeira parou de escrever sua lista por um momento e olhou por cima de sua mesinha.

– A verdade é que a gente nunca será feliz se passar a vida se preocupando com o que as pessoas pensam da gente. Eu deveria ter imaginado. Todos os *pixies* de todo o mundo pensam que sou horrível porque só digo a verdade. E *pixies* não gostam muito da verdade. Ela lhes causa uma erupção na pele. Às vezes, se são *pixies* voadores, a verdade faz até suas asas caírem.

– Uau. Eu não sabia disso.

– Bem, eu não posso mentir, então acredite. Eu não pedi para ser assim. Não pedi para ser a Pixie Verdadeira. Não pedi para minha tia lançar em mim, quando eu era pequena, um encantamento que me obrigasse a dizer apenas a verdade para sempre. Nós não pedimos para ser quem somos. Mas, quando somos quem somos, não faz sentido odiar quem somos. Porque SOMOS O QUE SOMOS. Entende?

– Acho que sim – disse Miika.

E ele sorriu e gostou dessas palavras e as achou reconfortantes. Mas ainda se sentia sozinho por dentro, e, embora não gostasse desse sentimento, ele não disse nada à Pixie Verdadeira. Apenas se deitou no tapete, em silêncio, observando o fogo incandescente e suspirando de vez em quando.

Um adorável cogumelo de pintas brancas

No dia seguinte, Miika saiu procurando cogumelos, mas parecia estranho ter de fazer isso sozinho. Sentia falta da amiga. Quando ouviu uma voz conhecida dizendo seu nome atrás de uma árvore, seu coração se elevou como uma rena voadora.

– Bridget, a Valente? É você? – Miika perguntou.

E era de fato a amiga maltrapilha. Ou ex-amiga. Miika ficou parado enquanto Bridget, a Valente, corria na direção dele. Ela estendeu um pequeno cogumelo verde com pintas brancas.

– Eu o encontrei mais cedo – disse ela.

– Um adorável cogumelo de pintas brancas – suspirou Miika, sabendo que era a espécie de cogumelos mais saborosa de todo o Extremo Norte.

– Eu o guardei para você – disse Bridget, a Valente, com a voz baixa. – Um pedido de desculpas. Por ontem. Eu não queria ter dito o que eu disse. Eu estava assustada, sabe, com a Coruja das Neves. Até Bridget, a Valente, tem momentos de fraqueza – ela sorriu para ele. – Talvez seja melhor eu mudar meu nome para Bridget, a Valente Noventa e Nove por Cento do Tempo. Não é um nome tão bom. E eu deveria ter lhe agradecido por salvar a minha vida. Fui orgulhosa demais. Eu estava com um pouco – ela lutou para terminar a frase – de inveja. Você tinha razão, e eu sinto muito. Você me perdoa?

Miika pegou o cogumelo e comeu o cogumelo e apreciou o cogumelo. Não era tão bom quanto queijo. Mas estava, sem dúvida, entre os dez melhores cogumelos que ele já provara.

– Sim! – disse ele. – Claro que a perdoo. Mas tenho uma

pergunta: da próxima vez que uma coruja tentar comer você viva, você quer que eu fique só olhando?

Bridget, a Valente, riu.

– Bem, suponho que é isso que eu mereço.

– Sim, é. Mas não vou fazer isso. Eu salvaria sua vida de novo. Só para punir você e – ele começou a rir com ela – fazer você perceber como meus poderes são incríveis.

Bridget, a Valente, se aproximou de Miika. Colocou sua patinha de rata em volta do amigo e sussurrou em seu ouvido:

– Quer ver algo especial?

Miika contou até dez para deixá-la esperando. Como os ratos não são bons em aritmética, isso demorou um pouco. Então, ele disse:

– Claro – ele não conseguia resistir à possibilidade de ver algo especial.

– Então venha comigo.

Bridget, a Valente, saiu dando pulos, guiando-o pela neve, passando por um galho caído e, um pouco mais adiante, por mais neve ainda, até chegarem a uma grande árvore. Quer dizer, ao tronco de uma árvore. Tinha alguns galhos pequenos, mas era basicamente um tronco, e o topo era tão largo quanto a base.

Bridget, a Valente, apontou para um pequeno buraco feito por um pica-pau.

– Olhe lá dentro – disse ela.

Então Miika olhou, mas não viu muita coisa, a não ser a escuridão.

Bridget, a Valente, saiu correndo ao redor do tronco até um buraco maior do outro lado, do tamanho de uma ferradura.

– Olhe. É oco – disse Bridget, a Valente. – Esta é a Árvore Oca. Oca de cima a baixo. Não é um pinheiro nem uma bétula prateada. Não é como minha árvore, com um pequeno buraco onde posso viver. Esta árvore é toda oca. Ela cresce exatamente assim, como um balde gigante feito de madeira. Um esconderijo perfeito – ela gesticulava descontroladamente com suas patinhas. – Andei pensando em algo. E tenho um plano. Um plano brilhante. Está pronto para uma aventura? Uma aventura corajosa?

Miika se lembrou de um dos planos de Bridget, a Valente, de gritar insultos grosseiros a um glutão que passava, que quase acabou na morte dos dois ratos.

Bridget, a Valente, era cheia de planos. Planos perigosos.

E Miika sempre a acompanhava, porque gostava de ter uma amiga, mesmo sabendo secretamente que ela era perigosa. Se fizesse qualquer objeção, Bridget, a Valente, o chamaria de covarde e ficaria furiosa. Então Miika concordava com todos os tipos de coisas bobas.

E desta vez não foi diferente.

Miika ficou feliz de ter a amiga de volta. Ter uma amiga era um tipo de mágica melhor do que ser enfeitiçado. Mesmo que fosse uma amiga como Bridget, a Valente.

– Sim – disse ele, tentando esconder sua preocupação. – Claro. Estou pronto para uma aventura.

– Que bom – disse Bridget, a Valente. – Porque acabei de pensar na MELHOR aventura que pode existir.

O plano Urga-burga

Bridget, a Valente, apontou para o galho que parecia ser o mais pesado do pinheiro.

– Primeiro, tenho um teste para você... Mova isto – disse ela.

– O quê? – Os olhos de Miika se arregalaram de preocupação e confusão.

– Vá em frente, veja se consegue usar os poderes de seu encantamento. Levante o galho.

Miika olhou para o galho coberto de neve. Mas nada aconteceu.

– Mova-se – ele disse mentalmente. – Suba.

Não adiantou. O galho ficou onde estava.

– Bem, isso é decepcionante – disse Bridget, a Valente, em sinal de desaprovação.

Mas naquele momento Miika sentiu. Era a mesma sensação quente de força. O galho se moveu um pouquinho. E Miika soube que poderia movê-lo um pouco mais. Na verdade, a diferença entre um galho parado e um galho em movimento era infinitamente pequena.

Depois que sua mente conseguiu fazer algo se mover um pouco, Miika percebeu que poderia fazê-lo se mover MUITO. No momento seguinte, o grande galho torcido tremeu e então subiu bem alto. A neve caiu do galho em flocos grossos quando ele se ergueu, balançando e brilhando suavemente por conta do encantamento mágico que Miika estava usando.

– Estou conseguindo. Estou conseguindo – disse Miika. – Veja!

– Estou vendo! – disse Bridget, a Valente, balançando a cauda de alegria.

– Na verdade, é bem fácil – disse Miika casualmente, enquanto o galho flutuava acima deles.

– Agora, Miika, meu querido amigo, você se lembra daquele queijo *troll* de que lhe falei? – perguntou Bridget, a Valente, animada, ainda olhando para o galho flutuante. – O queijo mais incrível e especial que já provei?

– O queijo Urga-burga? – perguntou Miika, deixando o galho cair no chão com tudo.

Ele se lembrou de como Bridget, a Valente, o descrevera.

O queijo mais fedido e o melhor de todo o universo. Tem cor azul-mofo, como um céu claro, e não é só o gosto que é excepcional, ele faz a gente se sentir excepcional. Uma mordida e a gente fica feliz por dias.

– Sim – disse Bridget, a Valente, sentando-se ao lado do pinheiro –, o queijo Urga-burga. Bem, como eu lhe disse, só o provei uma vez. Quando eu era pequena e ainda morava com meus pais, logo ao lado do Vale dos Trolls, alguns *trolls* começaram uma luta violenta por comida (como *trolls* fazem de vez em quando), e começou a cair comida do céu. Nunca tínhamos visto nada parecido! Salsicha fedorenta de *troll* e pão de pedra e torta de limo. Um pão de pedra caiu em cima do meu irmão, Grubber, e ele morreu. Todos corremos o mais rápido que podíamos para voltar ao nosso buraco, com medo da morte iminente, mas então percebemos algo. Um cheiro. O cheiro mais INCRÍVEL. O cheiro mais maravilhoso, inebriante e mágico. O tipo de cheiro que, mesmo quando está caindo pão de pedra do céu, não deixa a gente pensar em mais nada. E então eu e meus 17 irmãos nos guiamos por nosso focinho e nos deparamos com aquele pedaço de queijo todo azul. Depois de muita discussão, concordamos em dividir o queijo em 18 pedaços. Uma migalha minúscula para cada um de nós. Ah, que momento! Desejei tanto poder prová-lo mais uma vez...

Bridget, a Valente, fechou os olhos, lembrando.

Miika sentiu fome só de ouvir essa história, mas também ficou confuso.

– Parece um queijo muito bom. Mas por que você está me contando isso?

Bridget, a Valente, abriu bem os olhos.

– Porque o Vale dos Trolls ainda está no mesmo lugar. E não é muito longe daqui.

– E?

– E os *trolls* também. E também o queijo Urga-burga. E as aventuras também!

Miika encolheu os ombros.

– Acho que não entendi direito. O que você está sugerindo, Bridget, a Valente?

– Estou sugerindo que, se começarmos a andar agora, poderemos chegar ao Vale dos Trolls antes de anoitecer.

– Mas por que iríamos para o Vale dos Trolls? – perguntou Miika. De repente, ele entendeu. – Não, Bridget, a Valente. Não podemos ir para roubar queijo *troll*. Isso não vai acontecer. Porque eles são... *trolls*. *Trolls* gigantes e assassinos. Que nos esmagariam sem pensar duas vezes. *Trolls* cujos pés são tão enormes que não haveria escapatória, por mais rápidos que eu e você fôssemos. Sabe quantos ratos são mortos a cada ano por *trolls*? Já viu as estatísticas?

– Não. Você já?

– Bem, não. Mas essa não é a questão. A questão é que são muitos. Nós morreríamos.

Bridget, a Valente, balançou a cabeça como se Miika tivesse entendido tudo errado.

— Mas este é o velho Miika falando. Você foi enfeitiçado, lembra? Fez a Coruja das Neves ser atirada no ar. Você pode levantar galhos enormes. Você tem poderes invencíveis. Você é valente.

— Sim, mas...

— Então, só precisamos chegar ao Vale dos Trolls. Vamos farejar a localização do Urga-burga, então você faz sua mágica e manda o queijo voando na nossa direção.

— Mas isso é roubo. Parece errado.

Bridget, a Valente, parecia decepcionada.

— Ratos não roubam queijos, Miika. Nós os pegamos. Porque é isso que os ratos fazem. Essa é a nossa natureza. É a natureza mais pura de todas. Ratos pegam queijos. Você ainda é um rato, não é?

Isso deixou Miika mal-humorado, mas também um pouco preocupado de estar prestes a perder a amiga novamente.

— Claro que sou! Mas também é da minha natureza ter medo de *trolls* gigantes e furiosos, que poderiam nos matar com um dedo enorme!

— Você foi enfeitiçado. Não vai morrer tão cedo. Por favor, Miika. Vamos fazer isso juntos.

— Mas digamos que a gente faça isso, e dê tudo certo e a gente roube, desculpe, pegue o queijo e traga para cá. O que acontece depois?

Bridget, a Valente, riu.

— A gente guarda o queijo na Árvore Oca. Onde ninguém pode encontrá-lo. Depois a gente come. E continua comendo. Dia após dia após dia. E a gente fica feliz. E nunca mais vai ter de caçar aquele cogumelo sem graça.

— Sim, mas...

— Sim, mas, sim, mas, sim, mas... Eu conheci pica-paus que repetem menos do que você, Miika! Se você tivesse provado o Urga-burga, entenderia. Não tem nem o que pensar. Você nunca teve coragem de simplesmente pegar alguma coisa?

Miika se lembrou de quando era filhote e pegou o cogumelo da mãe, que estava dormindo, e comeu tudo sozinho.

— Uma vez — murmurou Miika.

— Eu estou indo para o Vale dos Trolls com ou sem você... Mas, se você não for comigo, nem precisa estar por perto quando eu voltar. Não quero um covarde como amigo.

E Bridget, a Valente, começou a andar na direção do Vale dos Trolls.

— Mas você vai morrer!

— Bem, então é melhor você ir e cuidar de mim, não é? Você é um covarde... ou um rato?

Miika suspirou e desejou que o gosto do queijo Urga-burga valesse a pena, enquanto seguia a amiga para as profundezas da floresta.

O *Vale dos Trolls*

 les chegaram à entrada da floresta e foram seguindo pegadas gigantes de quatro dedos, até que avistaram cavernas e esqueletos de cabras e, finalmente, as encostas rochosas do Vale dos Trolls.

Havia apenas um *troll* à vista. Ao longe, gigante e corcunda e cinza, ele estava acendendo uma fogueira no meio do vale. Sua sombra se alongava atrás dele por mais de um quilômetro.

Miika agarrou as folhas douradas de colaboca que havia coletado na floresta.

– Por que você está carregando essas folhas? – perguntou Bridget, a Valente.

– Proteção. A Pixie Verdadeira me disse que, se a gente colocar uma folha de colaboca na boca de um *troll*, a cabeça dele explode em dez segundos. Pegue – disse Miika, estendendo-lhe uma folha. – Pegue uma para o caso de precisar.

Bridget, a Valente, pegou uma com relutância.

– Ótimo... Agora me siga.

Os dois ratos desceram correndo pela encosta do vale, Miika seguindo Bridget, a Valente. Ele não tirou os olhos do *troll* gigante, que estava sentado de costas para eles, e viu quando outros *trolls* se reuniram ao redor da fogueira. De repente, começaram a cantar uma música estridente que ecoou pelo vale, em uma espécie de coro...

O MUNDO SER MESMO DE ASSUSTAR
MAS NÓS SER GRANDES E PELUDOS
NÃO TER QUE NOS PREOCUPAR
NEM FADA NEM DUENDE NÓS CHAMAR
NEM BIBLIOTECA IDIOTA NÓS USAR
PORQUE NÓS TER UMA LEITERIA
E UMA CABRA CHAMADA MARIA
O QUE NÓS PRECISAR
ELA NOS DAR...

NOSSO CORPO ESTAR FEDENDO
E O CÉREBRO NÃO ESTAR PENSANDO
MAS PERTO DO FOGO NÓS BEBENDO
CERVEJA TROLL EM TAÇAS TILINTANDO
ENQUANTO O MUNDO ESTAR ENCOLHENDO
E NOSSOS OLHOS ESTAR PISCANDO
AO VER O GRANDE SOL AFUNDANDO
NO CÉÉÉÉÉÉU...

— Essa música é horrorosa – sussurrou Bridget, a Valente, por trás da rocha onde ela e Miika estavam escondidos. – É a pior música que já ouvi. E uma vez eu vi o Festival de Música e Dança do Diário da Neve da Vila dos Duendes, então sei do que estou falando.

— É terrível – concordou Miika, espiando por trás da rocha. – Minhas orelhas querem cair. Mas eles devem estar cantando por algum motivo. Parece ser algum tipo de cerimônia. Veja, uma *troll* está se levantando. Aquela com um olho só...

E era verdade. O canto continuava, e a *troll* caolha se levantou lentamente e se dirigiu para uma caverna escura, onde desapareceu.

— Talvez ela tenha ido buscar alguma coisa – sussurrou Miika.

— Eu me pergunto o que poderia ser – disse Bridget, a Valente, mas o resto da canção deu algumas pistas.

NESTA NOITE TER UMA BRISA
A CONGELAR NOSSOS DEDOS
ESTAR VINDO ENTRE AS ÁRVORES
MAS NÓS ESTAR AQUI DE JOELHOS

NOSSA MÃO CALEJADA VAI PEGAR
AQUILO QUE TRAZ FELICIDADE
(NOSSOS PROBLEMAS ACABAR!)
NOSSO QUEIJO URGA-BURGA
SER GOSTOSO DE VERDADEEEE...

– Uau! – murmurou Bridget, a Valente. – Já ouvi falar disso! É a cerimônia do queijo *troll*, um dos eventos mais importantes de todo o calendário *troll*.

– Isso – disse Miika – não é nada bom.

Com passos pesados e fortes que ecoaram pelo vale, a gigante *troll* caolha voltou da caverna segurando um pote enorme de algo que Miika não conseguiu ver à luz fraca. Mas, honestamente, ele nem precisava ver. Estava sentindo o cheiro. O cheiro era tão forte e pungente que chegou aos focinhos de rato escondidos atrás da encosta rochosa.

– Uau! – disse Miika. – Nossa! Esse cheiro. É lindo. É celestial. É diferente de todos os cheiros que já senti em toda a minha vida.

– Não falei? – disse Bridget, a Valente, com conhecimento de causa. – Mas confie em mim, espere até o queijo estar debaixo do seu focinho. Até estar em sua boca!

O queijo voador

Miika fechou os olhos e se concentrou em sentir o cheiro. Por um momento, esqueceu que estava sentado na encosta do vale mais perigoso do mundo inteiro. Ele abriu os olhos e viu a *troll* gigante tirando o queijo do pote e erguendo-o para o céu. E então todos os *trolls* pararam de cantar e começaram a entoar bem alto:

Urga-Burga!

Urga-Burga!

Urga-Burga!

Miika torceu os bigodes. Estava assustado.

– Não pensei que seria assim – ele disse. – Pensei que o queijo estaria guardado em algum lugar. Não achei que teríamos de roubá-lo bem na frente deles.

Bridget, a Valente, balançou a cabeça.

– Não, não. Isso é perfeito. Eles nos mostraram exatamente onde o queijo está. Eles o trouxeram até nós. E isso significa que não temos de ir para as profundezas do vale. Podemos ficar bem aqui onde eles não nos veem, não temos de descer lá e ser esmagados por um daqueles pés gigantes. Não com você e seus poderes mágicos, meu amigo. Basta você desejar e fazer o queijo se mover pelo ar.

– Mas eles vão ver tudo! – exclamou Miika, olhando para a floresta, pronto para correr para casa e esquecer todo o plano.

– Eles verão o queijo voar em nossa direção!

– Miika, Miika, Miika, Miika.... Eu já pensei em tudo. O queijo voará para o meio das Colinas do Bosque, direto para a Árvore Oca. Os *trolls* não vão encontrá-lo. Ninguém vai para aquela parte da floresta. Nem *pixies*, nem duendes, nem *trolls*, ninguém! O queijo vai ser nosso para sempre. Olhe o tamanho dele! Vai nos alimentar por toda a vida.

– Mas será impossível escapar impune.

Bridget, a Valente, balançou a cabeça.

– O impossível é apenas o possível que a gente ainda não entende. Lembra? Nada é impossível. Não agora que você está enfeitiçado. E os *trolls* são idiotas. São mais idiotas que os duendes. São mais idiotas que os humanos. E isso diz muita coisa. Eles são muito, muito, muito, muito, muito idiotas. E, de qualquer forma, não enxergam muito bem. Portanto, vai ficar tudo bem. Mesmo que estivessem olhando na nossa direção, eles não nos veriam aqui em cima – ela se afastou de Miika e olhou para trás na direção da fogueira, dos *trolls* e do barulho de animação repentina no vale. – Mas, Miika, você tem de ser rápido! Eles estão prestes a comer o queijo!

E Miika viu que era verdade. A *troll* caolha, iluminada pelo brilho laranja do fogo, estava se preparando para partir o queijo.

– Agora vamos comer o Urga-burga – ela disse, com uma voz estrondosa, tão áspera e dura quanto as rochas ao redor do vale.

– SIM, LUMPELLA! – gritaram os *trolls* com grande entusiasmo. – VAMOS COMER O URGA-BURGA!

– Agora – sussurrou Bridget, a Valente, no ouvido de Miika. – Faça agora, antes que ela parta o queijo. Agora! Agora!

Miika já estava fazendo. Tinha fechado os olhos e estava se concentrando no cheiro daquele queijo incrível que tremia nas mãos gigantes de Lumpella.

– O QUE ESTAR ACONTECENDO, LUMPELLA? – perguntou um dos *trolls* quando o pedaço gigante de queijo Urga-burga brilhou com uma luz azul mágica.

– ALGO RUIM ESTAR ACONTECENDO! – disse outro *troll*, que também só tinha um olho. (A maioria dos outros *trolls* tinha dois olhos. E um deles tinha três.)

– EU VER QUE ESTÁ RUIM, THUD – disse Lumpella, enquanto o queijo escapava de suas mãos em direção ao céu.

E todos os *trolls* se levantaram e tentaram pegá-lo. Thud conseguiu alcançá-lo e segurá-lo por um segundo, mas o grande pedaço de queijo escapou de suas mãos e voou pelo céu como um meteoro azul gigante, passou por cima da cabeça de Miika e de Bridget, a Valente, e sobrevoou os pinheiros e bétulas distantes.

Mentalmente, Miika viu o queijo viajar pela floresta escura, passar pela cabana da Pixie Verdadeira e virar bruscamente para o leste, chegando à Vila dos Duendes. Ele o viu sobrevoar a

Rua das Sete Curvas, o Campo da Rena e a Rua Vodol, a Torre e a sede do *Diário da Neve*, através das árvores, passando pela casa de Bridget, a Valente, e pelo galho caído, indo até a Árvore Oca. Então, com a força da mente, ele o soltou e abriu os olhos.

Estava exausto.

– Você conseguiu! – gritou Bridget, a Valente.

– Eu... hum, sim, eu... Uau, acho que sim – disse Miika, confuso e sem fôlego. – Eu acho que consegui mesmo.

– Vamos lá ver!

Então, eles subiram correndo pela encosta íngreme rumo à floresta, enquanto os *trolls* corriam em todas as direções, esbarrando uns nos outros e olhando freneticamente para o céu.

– ISTO SER MUITO, MUITO, MUITO RUIM – disse um *troll* antes de pisar acidentalmente na fogueira.

BUM!

O chão sacudiu com a força dos passos dos *trolls*. Rochas e pedregulhos caíram em volta de Miika e de Bridget, a Valente, formando uma nuvem de poeira, que os fez tossir e engasgar enquanto tentavam subir a encosta do vale. Um pouco depois, o ar clareou e eles estavam livres, correndo pela floresta rumo à Árvore Oca, em busca do melhor queijo do universo.

O *melhor sabor do universo*

Nunca provei nada parecido – disse Miika.

Ele e Bridget, a Valente, já estavam no buraco da árvore, olhando para o grande pedaço de queijo Urga-burga que eles haviam cortado do pedaço maior que estava escondido na Árvore Oca, que ficava sete árvores depois. Ele deu outra mordidinha.

– É tão cremoso, mas também firme. Tão picante, mas doce. Com gosto de nozes e também frutado. Defumado e também apimentado. Forte e ao mesmo tempo delicado. Leve e pesado e delicioso. É um queijo feito de opostos, é como provar de uma só vez tudo o que há de bom no mundo.

Bridget, a Valente, balançou a cabeça, como se dissesse "Eu avisei".

– Exatamente. É mais do que queijo. É vida. Pode dizer o que quiser sobre os *trolls*. Eles têm seus defeitos, como destruição e assassinatos e níveis de estupidez que quebram recordes mundiais, mas eles sabem fazer um queijo bom demais.

– Eles vão acabar encontrando o queijo. Vão sentir o cheiro. E encontrarão a Árvore Oca.

Miika se lembrou do medo que sentiu quando sua mãe gritou para todos os filhotes que o cogumelo tinha sido roubado.

Bridget, a Valente, balançou a cabeça.

– A verdade é que os *trolls* têm o olfato muito ruim. Bem, isso é o que eu ouvi dizer. Aqueles narizes horríveis e gigantescos são totalmente inúteis – mas ela não parecia totalmente convencida de suas palavras. – Além disso, eles odeiam sair do Vale dos Trolls. E, mesmo que saíssem, nunca suspeitariam de dois ratinhos da floresta, não é mesmo?

– Ah, não sei – disse Miika. – Eu só estou com um pressentimento muito ruim, sinto que roubar uma montanha de queijo *troll* vai ter... consequências.

Bridget, a Valente, considerou.

– E é por isso que devemos continuar comendo a prova do roubo. De manhã, à tarde e à noite. E o melhor é que... nunca vai acabar.

Miika comeu mais um pouco.

– É uma delícia mesmo. Mas, se nunca vai acabar, como vamos acabar com a prova?

Bridget, a Valente, agitou suas patinhas minúsculas, demonstrando sua frustração.

– Você e suas perguntas, Miika! Perguntas, perguntas. São ótimas, claro, mas são de péssimo gosto. Ao contrário do Urga-burga.

Ele pensou no que sua irmã Yala tinha dito pouco antes de ele deixar a família. *Se achar queijo suficiente para viver, você nunca, e eu repito, NUNCA, vai querer saber de outra coisa. Isso é o melhor que a vida tem para oferecer.*

E talvez fosse mesmo. Talvez fosse mesmo o melhor que a vida tivesse para oferecer a ele. Talvez fosse melhor ele parar de se preocupar. Talvez devesse apenas ficar ali com sua amiga e comer aquele queijo delicioso para sempre. Mas algo não estava certo. Ele estava sentindo algo que não conseguia compreender. Uma sensação, talvez por causa dos poderes do encantamento, de que algum problema estava por vir.

Enquanto dava outra mordida naquela delícia de queijo, ele tentou acreditar com todas as suas forças que tudo ia ficar bem.

Como as estrelas brilham

Na manhã seguinte, no calor da lareira da cabana da Pixie Verdadeira, Miika tentou lhe fazer uma pergunta sem revelar muita coisa.

A Pixie Verdadeira estava ocupada pintando um quadro. Era apenas uma tela inteiramente branca que ela estava cobrindo de tinta branca.

– Vou chamar de *O interior da cabeça de um duende*. É minimalista.

– Hum, ficou linda – disse Miika. – Sim, muito minimalista...

– Mentiroso.

Miika finalmente foi direto ao ponto.

– Você acha que tudo vai ficar bem?

O pincel da Pixie Verdadeira parou em pleno ar.

– Que tipo de pergunta é essa?

– Uma pergunta preocupada – confessou Miika.

– E você está preocupado com o quê?

– Eu... eu não posso contar. Mas preciso saber. Sobre o futuro.

Ela apontou o pincel na direção do rato.

– Miika, sou uma *pixie* da verdade. Não uma *pixie* vidente. Sei muitas coisas, claro, e sou muito inteligente. Mas não sei todas as coisas que ainda não aconteceram.

Miika suspirou, e sua cauda se abaixou como uma linha que se soltou de um balão.

– Eu só preciso de algumas palavras que me tranquilizem.

– Bem, pode ficar tranquilo. Provavelmente vão acontecer coisas terríveis.

– Nossa.

– Coisas terríveis sempre acontecem.

– Obrigado.

– Mas coisas boas também vão acontecer. Porque a vida é assim. A gente precisa do ruim para saber o que é bom. A gente precisa da escuridão para conhecer a luz.

Miika pensou no gosto do queijo Urga-burga. Todos os opostos se misturavam e se completavam, como na própria vida.

– Por exemplo – continuou a Pixie Verdadeira –, pense no céu noturno. As estrelas não brilhariam sem toda a escuridão ao redor delas, não é?

Miika torceu os bigodes.

– Então, coisas boas e ruins vão acontecer. Mas as coisas boas vão parecer até melhores por terem ocorrido coisas ruins. E às vezes coisas boas nascem de coisas ruins.

– Certo – disse ele, e sua cauda se enrolou na forma de um ponto de interrogação. – Obrigado. Acho que me sinto um pouco mais feliz agora.

– Mas a felicidade – disse a Pixie Verdadeira, afastando-se para ver melhor a pintura – não tem nada a ver com coisas boas ou coisas ruins.

– Não?

– Não. Uma vez conheci uma *pixie* nos Lagos Orientais que era a *pixie* mais azarada que se possa imaginar. Ela era muito azarada. Uma vez ela caiu em um poço, quebrou as asas e ficou presa lá dentro por uma semana. Mas, sabe, ela passou o tempo todo cantando o velho clássico "Eu sou uma Pixie Feliz, Uma Pixie Muito Feliz (Ah, sim, eu sou)" com um grande sorriso no rosto. Ali, no fundo do poço! E foi assim que a encontraram, porque ouviram sua música feliz do outro lado do campo – disse a Pixie Verdadeira, com um suspiro. – Então, isso mostra a você, meu amiguinho rato, que o importante não é o que acontece com a gente na vida. É como a gente escolhe lidar com o que acontece. E você não é como eu. Você não foi amaldiçoado para ser uma única coisa para sempre. Você pode mudar a qualquer momento. Pode mudar da verdade para a mentira e da mentira para a verdade. Pode mudar de preocupado a calmo. De tímido a corajoso. De egoísta a generoso. Você não tem de ser o que os outros pensam que você é. E, de verdade, se você pensar bem...

Mas ela não disse mais nada. Na verdade, ela não conseguiu. Porque, naquele exato momento, ela foi jogada para longe.

E, naquele exato momento, Miika foi jogado pelo ar. E o pote de tinta branca da Pixie Verdadeira se espalhou pelo assoalho.

– Bom, isso não foi nada normal – disse a Pixie Verdadeira se levantando e correndo até a janela para ver o que tinha causado aquele baque gigantesco. – Hum, isso é interessante...

O coração de Miika disparou enquanto ele se deitava de costas no chão.

– O que é interessante?

Mas então ele ergueu a cabeça apenas o suficiente para poder olhar pela janela do outro lado da sala. Para ver, do outro lado do jardim, a ponta de uma perna cinza, empoeirada, peluda e gigantesca de *troll* saindo debaixo de um tecido de pele de cabra e um pé igualmente cinza, empoeirado, peludo e gigantesco de *troll* pousando e fazendo outro...

BUM!

– É um *troll*! – disse a Pixie Verdadeira. – E está indo para a Vila dos Duendes!

Miika sentiu o medo inundar todo o seu corpo.

– Ah, não – disse ele. – Ah, não!

Miika entra em pânico

A Pixie Verdadeira ficou confusa.

– Por que um *troll* estaria indo para a Vila dos Duendes?

A pergunta girou como um ciclone na mente de Miika.

Por que um *troll* estaria INDO para a Vila dos Duendes? Por que um TROLL estaria INDO para a Vila dos Duendes? Por que um TROLL estaria INDO para A VILA DOS DUENDES? POR QUE...

– Ah, não – disse Miika, levantando-se de um salto. – Ah, não. Ah, não. AH, NÃO!

A Pixie Verdadeira estava confusa.

– Miika? Qual é o problema? Quer dizer, além do *troll* gigante? Por que você está com essa cara de culpado?

– Eu, hum, tenho de ir – ele guinchou.

E Miika correu. Ele se espremeu por baixo da porta amarela e continuou correndo enquanto descia atravessando por entre as árvores até a Vila dos Duendes, seguindo as pegadas gigantes na neve.

Ladrão de queijo

O *troll* estava parado no meio do Campo da Rena. Todas as renas e cerca de cem duendes estavam olhando para ele. Era um dos *trolls* que Miika tinha visto perto da fogueira. Um daqueles que só tinham um olho. Thud. Esse era o seu nome.

Miika disparou no meio da multidão de duendes para ver o que estava acontecendo, e só então o *troll* começou a falar com sua voz estrondosa.

– EU ESTAR AQUI COM UM AVISO! – ele disse.

O Pai Topo saiu do meio da multidão.

– Não queremos problema.

– BEM, PROBLEMA SER O QUE VOCÊ TER, PEQUENO FEDELHO DO MAL!

– Posso lhe garantir – disse Mãe Harkus, cobrindo as orelhas pontudas de um dos alunos de sua escola – que não somos maus, não somos fedelhos e não fizemos nada para incomodá-lo. Só estamos vivendo uma vida feliz e pacífica.

– HAHAHAHAHAHAHAHAHA! DIZER ISSO PARA TROLL QUE EXPLODIR A CABEÇA NA TORRE!

– Ah – disse o Pai Topo. – Já sei de que incidente você está falando. Mas isso foi há mais de um ano. E a Vila dos Duendes era um lugar muito diferente naquela época. Nós tínhamos um líder violento.

– VODOL.

– Isso mesmo. Mas as coisas mudaram. Não prendemos mais ninguém na torre. E, como a Mãe Harkus acabou de dizer, só estamos tentando viver em paz. Além disso, tecnicamente, não foi um duende que fez a cabeça daquele *troll* explodir.

Miika não disse nada. Ele se perguntou se o Pai Topo ia dizer ao *troll* que, na verdade, quem tinha feito isso havia sido a Pixie Verdadeira, quando estava trancada na torre com Nikolas. Mas o Pai Topo não era do tipo que colocava os outros em apuros, nem mesmo a Pixie Verdadeira.

– Então – disse o Pai Topo –, todos nós lamentamos por qualquer problema ocorrido no passado. Assim como tenho certeza de que vocês, *trolls*, lamentam por todo o tumulto que causaram ao longo dos anos. Mas hoje vivemos tempos melhores. Tempos mais felizes. Vamos deixar tudo isso para trás. Não vamos nos preocupar com coisas que aconteceram anos atrás, certo?

Isso deixou Thud muito zangado. Seu rosto barbudo ficou um pouco vermelho e ele cerrou seus grandes dentes marrons.

– ANOS??? ISSO SER ONTEM!!!

Miika engoliu em seco e se escondeu atrás dos pés da Mãe Mocha, do Banco de Chocolate.

– Do que você está falando? – perguntou o Pai Topo.

E então aconteceu. A palavra que Miika temia. E dita na voz mais alta que Miika já tinha ouvido.

– QUEEEEEEEEEEEEEEEEEEEEIJO!

A Pequena Noosh voltou-se para seu tatatatatataravô.

– Ele disse "queijo"?

– Sim – disse o Pai Topo. – Acredito que sim.

– QUEM ROUBAR URGA-BURGA? – rugiu Thud.

– O que é Urga-burga? – perguntou a Pequena Noosh.

– Acredito que seja uma variedade de queijo – disse o Pai Topo. – Ouça – disse ele, dirigindo-se ao *troll*. – Acho que você está enganado. Ninguém roubou qualquer coisa de vocês. Duendes não roubam.

– E certamente não roubam queijo – disse o duende Moodon. – Minha esposa faz um queijo muito saboroso, e ela o divide com todos.

– Obrigada, querido – disse Loka ao marido, segurando a mão dele. – É muita gentileza sua.

Mas Thud não estava acreditando em nada daquilo.

– UM DE VOCÊS AQUI SER LADRÃO! SE QUEM SER LADRÃO NÃO FALA QUE SER LADRÃO, ENTÃO TER PROBLEMA. SE NINGUÉM CONFESSAR, CEM TROLLS VIR AQUI NA ESCURIDÃO ESMAGAR TUDO!

O corpinho de Miika começou a tremer como uma folha de bétula ao vento. Aquilo era tudo culpa dele.

Então outra pessoa deu um passo à frente. E essa pessoa falou com uma voz que Miika reconheceu no mesmo instante.

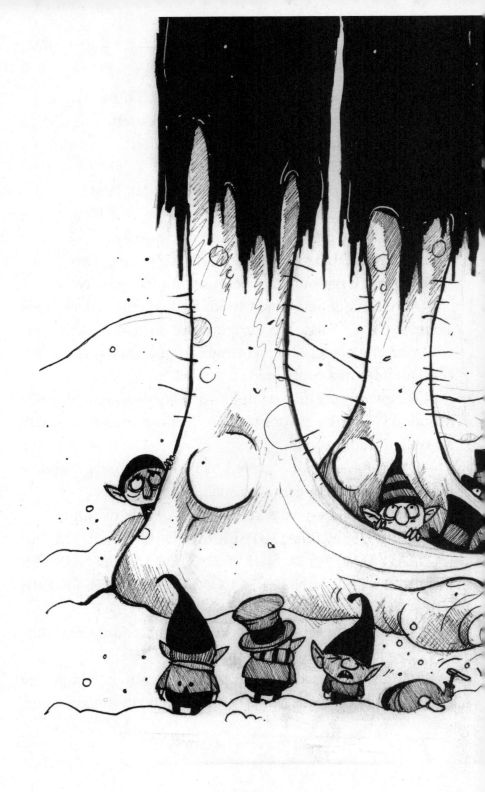

Era a voz que ele conhecia melhor do que qualquer voz em todo o mundo.

Era Nikolas. O menino humano. Ele vinha caminhando pela neve, passou por Blitzen e sua amiga rena Dancer, e então se aproximou de Thud.

Nikolas conta uma mentira

O *troll* se curvou e coçou a cabeça. Ele claramente nunca tinha visto um humano.

– Por favor, senhor *Troll*. Duendes não roubam coisas. É contra a natureza deles.

Thud franziu a testa e gritou tão alto que quase derrubou Nikolas.

– VOCÊ NÃO SER DUENDE! TALVEZ VOCÊ SER LADRÃO DO URGA-BURGA!

Nikolas ficou em silêncio por um longo tempo.

Miika se perguntou o que estaria se passando na mente do menino.

Nikolas era inteligente. E gentil. Se havia alguém capaz de acalmar um *troll* zangado, provavelmente era ele.

E então, finalmente, Nikolas disse:

– Fui eu.

– O QUE VOCÊ FOI?

– Fui eu que roubei o queijo – Nikolas mentiu.

Suspiros e murmúrios encheram o ar. Miika notou que Blitzen estava olhando com raiva para o *troll* gigante, batendo o casco dianteiro na neve como se estivesse se preparando para atacar.

Na mesma hora, a mão de Thud mergulhou para baixo e levantou Nikolas bem alto.

– LEVE EU ATÉ O QUEIJO! – ele rugiu.

– Na verdade, não posso fazer isso – disse Nikolas, de dentro do punho do *troll*.

– ENTÃO EU LEVAR VOCÊ!

No mesmo instante, Blitzen galopou na direção do *troll*. Voou pelo ar e mirou no olho de Thud com sua galhada. Mas Thud viu Blitzen a tempo e o golpeou com a mão que não estava segurando Nikolas, como se Blitzen fosse tão pequeno quanto uma mosca. Uma mosca que foi atirada para o alto em direção à torre, da qual conseguiu desviar bem a tempo.

Miika nunca havia se sentido tão mal em toda a sua vida. Aquilo era pior do que cair de uma galhada para a morte certa. Pior do que ter de se despedir de toda a sua família. Bem pior do que o dia em que a Pixie Verdadeira vomitou nele quando estava tonta.

"Eu sou um ladrão", pensou Miika. "Sempre fui um ladrão. Desde que roubei aquele cogumelo da minha mãe."

Ele sabia que não poderia ajudar Nikolas nem os duendes. Sabia que iria ficar em silêncio. Ele tinha de encarar os fatos. Ele era quem ele sempre havia sido.

Um rato egoísta. Um ladrão. E um covarde.

Coisas grandes e coisas pequenas

troll estava andando de volta para o Vale dos Trolls, com Nikolas ainda em seu punho, quando se virou para fazer à população da Vila dos Duendes uma última pergunta.

– ALGUÉM AQUI SABER ONDE ESTAR URGA-BURGA?

Silêncio. O tipo de silêncio que Miika já conhecia. Um silêncio que parecia um pouco trêmulo e estranho, e deixava sua barriga mole.

Cem duendes se entreolharam. E deram de ombros.

O silêncio continuou sendo silêncio.

Mas então Miika ouviu uma voz.

– Eu – disse a voz.

Miika percebeu que era sua própria voz.

E disse isso de novo, um pouco mais alto.

Estava falando a verdade, mesmo sem a Pixie Verdadeira por perto. Ele lembrou o que a Pixie tinha dito sobre a mudança, como ele podia mudar da verdade para a mentira e da mentira para a verdade, de tímido a corajoso, de egoísta a generoso. Você não tem de ser o que os outros pensam que você é.

Naquele momento, Miika percebeu que o problema não era o que os outros pensavam dele. O problema era o que ele pensava de si mesmo.

Desde que tinha roubado o cogumelo de sua família, ele acreditava profundamente que era um ladrão e um covarde. Mas ele não tinha de ser nenhuma dessas coisas.

Ele olhou para todos os duendes. Para Nikolas. Para a Pixie Verdadeira, que tinha acabado de chegar e caminhava no meio da multidão. Olhou para Loka, a duende de olhos brilhantes que tantas vezes lhe dera um saboroso queijo por pura bondade. Ele sabia que não queria que eles tivessem problemas. Nunca. Eram seus amigos. E ele amava todos eles. E bastava isso para ele ser corajoso. Amor. Sua irmã mais velha estava errada. Ninguém pode viver cuidando apenas de si. Temos de viver com a nossa consciência também. Não queria viver como o rato que ele se tornara, mas como o rato que ele poderia ser.

Então ele disse de novo. Mas dessa vez mais alto.

– EU!

E todos os duendes olharam para Miika, que caminhava pelo chão rachado e salpicado de neve em direção ao *troll*. Ele sentiu algo que nunca havia sentido. Algo que ele nem sabia que tinha dentro de si.

Algo chamado coragem.

Thud olhou em volta, confuso. Sua testa estava enrugada como um lençol após um pesadelo.

– QUEM FALAR ISSO?

Miika engoliu em seco. Estava petrificado. Seu sangue congelou. Mas ele continuou andando até parar bem na frente de Thud.

Ter coragem, ele percebeu, não era não sentir medo. Era sentir medo e continuar mesmo assim, e parar diante de alguém mil vezes maior que ele, tentando livrar um amigo de um problema.

– Eu. Olhe. Aqui embaixo. O rato. Sou eu.

E então Thud (ainda apertando Nikolas na mão) viu aquele animalzinho marrom na neve, não maior do que uma folha.

– VOCÊ SER UM RATO – disse Thud, olhando para Miika com seu único olho.

– Sim – disse Miika. – Eu ser um rato. Quer dizer.... sou um rato.

Nikolas gritou para o *troll*.

– Não o machuque! Ele é só um ratinho. Não sabe o que está dizendo. Não é, Miika? Olhe o tamanho dele. Como poderia roubar um pedaço grande de qualquer coisa?

O *troll* riu e concordou. *Trolls* geralmente têm um profundo desrespeito por todas as criaturas pequenas. De acordo com a filosofia *troll*, o mundo se divide em dois tipos de coisas. Coisas grandes e coisas pequenas. Coisas grandes são boas e fortes, e coisas pequenas são ruins e fracas, e, aos olhos de Thud, Miika era definitivamente fraco demais para ter roubado um enorme pedaço de Urga-burga.

– NÃO! NÃO SER UM RATO! RATO NÃO SER MÁGICO! URGA-BURGA VOOU! RATO NÃO FAZER URGA-BURGA VOAR! QUEM ROUBAR COM VOCÊ?

– Ninguém. Absolutamente ninguém. Fui só eu. Foi tudo ideia minha.

– HAHAHAHAHAHAHAHAHAHA! – riu Thud.

Miika fechou os olhos e desejou.

Desejou muito salvar seu amigo humano e todos os duendes. Então, levou sua mente para o leste, para as Colinas do Bosque, através das árvores com galhos carregados de neve, sem parar, até o interior escuro da Árvore Oca. Ele viu o queijo e desejou que subisse, e então desejou que ele voasse pelo céu, mais alto que a árvore mais alta. E então desejou que o queijo voasse para a Rua das Sete Curvas e por cima de todas as casas, lojas e salões da Vila dos Duendes.

Ele desejou que aquele queijo fedorento especial sobrevoasse o lago congelado e o Campo da Rena até estar bem diante do rosto do *troll*. Os duendes suspiraram, surpresos.

– Bem, isso foi inesperado! – disse a Pequena Noosh.

– URGA-BURGA! – exclamou Thud, com o olho arregalado de surpresa. – URGA-BURGA ESTAR VOANDO!

Sua expressão de choque se transformou em um sorriso e, em seguida, em uma risada de satisfação enquanto batia os pés de alegria e sacudia a terra, fazendo a maioria dos duendes perder o equilíbrio e tombar.

– URGA-BURGA! URGA-BURGA!

A mão de Thud se abriu e Nikolas caiu, pousando em

segurança nas costas do fiel Blitzen, que mergulhou no ar para encontrá-lo.

O *troll* parecia tão feliz quando pegou o pedaço gigante de queijo flutuante nas mãos que Nikolas começou a rir de nervoso. E o Pai Topo e a Pequena Noosh riram também. E então a Mãe Harkus riu. E Loka e Moodon riram. E todos os duendes riram. E até Miika riu.

Mas ele logo parou de rir quando uma sombra passou por cima dele e ele viu um dos pés descalços de Thud (o pé direito) se erguer muito lentamente do chão e parar no alto, bem acima de sua cabeça. Miika olhou para o alto e viu os pelos dos dedos do pé do *troll* balançando como as patas de uma aranha.

E todas as risadas pararam de repente.

Thud pisou em Miika com tanta força que chacoalhou todo o país. Até o rei da Finlândia, que estava em seu castelo a centenas de quilômetros de distância, derramou sua xícara matinal de suco de amora-branca-silvestre.

Achatado

iika foi esmagado.
 Bem ali no chão. Mais achatado que uma folha pisada. Mais achatado que massa de pastel. Mais achatado que um marcador de livro.
 Mais achatado que esta página que você está lendo agora.
 Thud se inclinou para inspecionar o resultado de sua pisada, com seu único olho piscando cheio de manha.
 – BOM! RATO ESTAR MORTO! QUE ISSO SER AVISO PARA LADRÕES QUE ROUBAR QUEEEEEEEIJO!
 E então, satisfeito, foi embora com passos duros gigantescos, carregando o imenso pedaço de queijo de volta para o Vale dos Trolls.

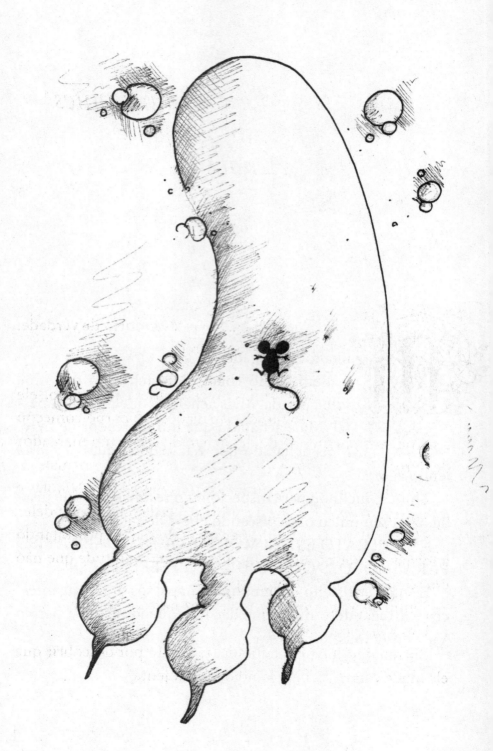

Coisas muito mais importantes que um queijo

Mas, é claro, Miika não estava morto de verdade.
Ele não podia morrer.
Ele tinha sido enfeitiçado.
Mas, embora tivesse sido enfeitiçado, ele ainda podia ser esmagado. Seu corpo começou a se transformar, passando de "achatado como um marcador de livros" para a forma arredondada de um rato normal.

– Aaah! – disse ele, quando abriu os olhos e viu Nikolas e a Pequena Noosh e Blitzen e a Pixie Verdadeira acima dele.

Só que, além da estranha sensação de seu corpo voltando à forma, ele sentiu algo mais. Sentiu uma plenitude que não era só relacionada ao seu corpo.

Sentiu-se, talvez pela primeira vez na vida, inteiro.

Um Miika completo.

Blitzen deu-lhe uma lambida, satisfeito por descobrir que ele ainda estava vivo. A lambida foi nojenta.

— Está tudo bem, Miika — disse a Pequena Noosh. — Você ainda está vivo. E aquele *troll* asqueroso e fedorento voltou pisando com força para o vale.

— E levou o queijo com ele — disse Nikolas, agachando-se ao lado de seu amigo rato.

Miika suspirou.

— Desculpem por tudo isso. Eu não queria roubar o queijo — ele então viu os olhos desconfiados da Pixie Verdadeira. — Bem, na verdade eu queria. Eu queria roubá-lo. Aquele queijo estava muito saboroso. E era o suficiente para a vida toda. Mas percebi que existem coisas muito mais importantes que um queijo... mesmo um queijo excelente.

Nikolas sorriu. Era o mesmo sorriso que tinha dado a Miika no dia em que os dois se conheceram, depois de ter salvado o ratinho do machado de seu pai.

— Você é um rato corajoso, Miika. Gentil e corajoso. Eu sempre soube disso, mesmo quando você não sabia. O problema com a coragem é que, às vezes, a gente não sabe que tem até precisar muito dela.

E essas palavras foram excelentes. Talvez até tão excelentes quanto o sabor do queijo *troll*.

Só então Miika percebeu que precisava fazer uma coisa. Algo que lhe causava quase tanto pavor quanto a pisada do pé enorme e peludo de um *troll*.

— Hum, eu tenho mesmo de ir — disse ele a Nikolas e aos duendes. — Até logo.

E ele se pôs de pé e saiu caminhando na neve, tentando encontrar um pouco mais de coragem, porque sabia que precisaria dela no lugar para onde estava indo.

O mais alto que um rato consegue

Bridget, a Valente, andava de um lado para o outro em seu buraco de árvore, chutando folhas de bétula. Estava visivelmente infeliz.

Na verdade, dizer que Bridget, a Valente, estava infeliz era o mesmo que dizer que um gato não é uma bicicleta.

Ela estava muito, muito, muito infeliz.

Escute só...

– Não estou feliz – disse ela, contraindo a cauda de frustração.

– Eu sei – disse Miika, encolhendo-se no canto do buraco da árvore.

– Você não percebe o que fez? Você desistiu de um suprimento de queijo para toda a vida. E não era um queijo velho qualquer. O queijo mais desejado e delicioso de todo o universo! E você fez isso sem me consultar. Um absoluto desrespeito!

– Não tinha como consultar você – disse Miika, nervoso e torcendo os bigodes. – Não dava tempo. De verdade. Thud ameaçou destruir a Vila dos Duendes. Ameaçou matar os duendes. E ia sequestrar Nikolas.

– E daí?

– E daí? O Nikolas é meu amigo! E os duendes também! Bridget, a Valente, bufou.

– E eu, não sou sua amiga?

– Para ser honesto, não sei – guinchou Miika.

– O quê?! – Bridget, a Valente, parou e se virou para olhar diretamente para Miika.

– Bem, eu salvei sua vida e você só me insultou por isso. E parece que você só gosta de mim quando eu posso dar alguma coisa para você. Você só voltou a ser minha amiga para me fazer roubar o queijo dos *trolls*. E é roubar, sim. Não é pegar.

Com isso, Bridget, a Valente, ficou muito zangada e começou a gritar. Bem, ela tentou gritar o mais alto que um rato consegue, o que não chega nem perto de um grito.

– Você é um rato idiota, idiota – ela balançou a cabeça. – Não. Nem mesmo isso. Você é um nada idiota. Você nunca será um rato. Você não é como nenhum outro rato no mundo inteiro. É uma criaturinha patética. É pior que um *troll*, porque pelo menos um *troll* é um *troll*. Você não é uma coisa nem outra. É uma patética criatura meio-termo. Nem mamífero de verdade, nem mágico de verdade...

– Bridget, a Valente, por favor, pare – Miika guinchou.

Mas Bridget, a Valente, não ia parar.

– Você teve uma chance. Uma chance de ser alguma coisa. Uma chance de aventura. Ninguém jamais teria encontrado a Árvore Oca. Ninguém jamais saberia. Nós poderíamos ter sido ladrões lendários com queijo para a vida toda. Você desistiu de nossa felicidade por uma vida de cogumelos velhos e sem graça.

– Mas nós podemos comer queijo! Eu conheço uma duende chamada Loka que...

Bridget, a Valente, imitou Miika de uma maneira cruel.

– "Eu conheço uma duende chamada Loka que..." Você está se ouvindo? Que porcaria de rato é você que gosta de duendes e *pixies*?

Miika pensou um pouco nisso. Algum tempo atrás, as palavras de Bridget, a Valente, o teriam chateado. Mas agora ele sabia que, na verdade, se tratava de uma escolha. A opinião de Bridget, a Valente, sobre Miika não tinha que ser a opinião de Miika sobre Miika.

– Responda! – Bridget, a Valente, continuou. – Que... tipo... de rato... você é?

– Um rato tipo eu – disse Miika. – Esse é o tipo de rato que eu sou. E não preciso mais que você goste de mim, Bridget, a Valente. Pode pensar o que quiser. E, para ser sincero, não gostei da sensação de ser um ladrão. Muito menos um ladrão de queijo. Sim, o Urga-burga é uma delícia. Mas ser gentil é muito melhor do que qualquer queijo. E é isso que eu quero ser. Quero ser uma criatura gentil. E às vezes a coisa mais corajosa é ser quem a gente quer ser.

– Uh! – resmungou Bridget, a Valente. – Você fala como um duende!

– Bem, eu não sou um duende. Mas, como eu disse, pode pensar o que quiser de mim. Portanto, até mais!

E, com isso, Miika saiu do buraco da árvore de Bridget, a Valente, rumo ao ar frio e limpo, em direção à sua casa.

– Ei! – gritou Bridget, a Valente, quando ele saiu. – Ei! Volte aqui, seu não rato idiota! Ei! Miika! Miika! Pare de me ignorar! Ei! Ei!

Mas Miika seguiu em frente. Correu pela neve, passando por rochas e pinheiros, e não olhou para trás nenhuma vez.

O importante é como as coisas terminam

Naquela noite, Nikolas, o Pai Topo e a Pequena Noosh foram visitar Miika na cabana da Pixie Verdadeira.

O Pai Topo queria mostrar a Miika a última edição do jornal *Diário da Neve*. A Pixie Verdadeira estava aquecendo uma torta de frutas vermelhas no forno.

– Veja esta manchete – disse ele com entusiasmo. – "RATO VERSUS TROLL: O CASO DO QUEIJO DESAPARECIDO"! Veja, Miika, leia o segundo parágrafo. Eles estão chamando você de herói. "E então nosso rato herói usou seus novos poderes mágicos..."

– Eu não sou um herói. Eu quase fiz a Vila dos Duendes ser destruída e o Nikolas ser sequestrado. Eu era um ladrão de queijo.

– Bem, sim – disse Nikolas, que estava sentado no chão de pernas cruzadas, com seu chapéu vermelho nas mãos e a cabeça tocando o teto. – Isso é verdade. Você era um ladrão de queijo. Mas no fim você fez a coisa certa. E o importante é como as coisas terminam – os olhos de Nikolas se encheram de lágrimas. – E não há nada mais importante no mundo que um bom amigo.

– Bem, é gentileza sua dizer isso – Miika disse, alisando o pelo da barriga. – Você também é um bom amigo.

E Nikolas baixou a cabeça, franziu a testa e lançou a Miika um olhar de leve culpa. – E desculpe por eu não ter tido muito tempo para você ultimamente. Vou ser um amigo melhor. Tenho passado tempo demais nas reuniões do Conselho dos Duendes e pouco tempo com você.

– Obrigada, Nikolas. Eu amo você, querido amigo, de todo o meu coração.

A Pixie Verdadeira parecia que ia vomitar.

– Ah, por favor. Nada de sentimentalismo. Vocês estão na casa de uma *pixie*. É proibido.

– Bem, você também é uma boa amiga, Pixie Verdadeira – disse Miika. – Gostando ou não.

A Pixie Verdadeira fez uma cara de desgosto.

– Que nojo.

Miika sorriu, olhando pela janela a neve que caía.

Enquanto isso, a Pequena Noosh se recostou na cadeira de balanço, com um pião no colo.

– Eu andei pensando, Miika... Alguém obrigou você a fazer isso?

Miika balançou a cabeça. Ele podia não ser mais amigo de Bridget, a Valente, mas não queria criar problemas para ninguém.

– Não – disse ele, baixinho. – Ninguém.

– Ele está mentindo – disse a Pixie Verdadeira, que podia detectar uma mentira a quilômetros de distância. Ela cobriu a boca com a mão. – Desculpe. Eu não devia ter dito isso. Mas você me conhece, não consigo evitar.

Miika suspirou.

– Bem, pode ser que tenha mais alguém envolvido. Mas eu não tinha que roubar o queijo. A decisão era minha. E eu usei mal meus poderes.

– Bem – disse o Pai Topo, sorrindo –, eu avisei a Pequena Noosh que era perigoso enfeitiçar um rato!

Miika sorriu.

– A magia é um dom. Um dom precioso. Temos de usá-la com cuidado – disse o Pai Topo.

Miika acenou com sua cabecinha minúscula.

– Eu vou ter cuidado. Prometo. A vida é mais do que um simples queijo. Agora sei disso.

Então Nikolas se lembrou de algo e puxou um pequeno pacote do bolso.

– Ah! Por falar em queijo, a Loka me pediu para lhe dar isto. Pode não ser um suprimento para toda a vida, mas deve durar pelo menos até o fim do ano. É uma nova variedade de queijo. Ela chama de... Delícia de Miika.

Nikolas colocou o pacote na frente de Miika e o abriu. Era um queijo pálido, com algo que se parecia com pedaços de nozes dentro. A Pequena Noosh partiu um pedaço para Miika, que o cheirou e mordiscou. Tinha um sabor muito delicado. Um sabor que demorava um pouco para ser percebido e compreendido, mas que era realmente incrível.

Não era o queijo Urga-burga, mas de certa maneira era ainda melhor. Porque aquele queijo tinha sido feito com amor e oferecido por alguém que se importava com ele.

– Delícia de Miika – disse o rato. – É um nome cativante. Posso estar sendo tendencioso, mas achei o nome muito bom. Acho que será um sucesso.

E Miika pensou em guardar um pouco. No dia seguinte, levaria o queijo para as Colinas do Bosque e deixaria um pedaço do lado de fora do buraco da árvore de Bridget, a Valente. Mesmo não sendo mais amigo dela, ele ainda queria que ela saboreasse coisas boas.

Nesse momento, um pequeno sino tocou, indicando que a torta estava pronta. E Miika ficou surpreso ao descobrir que o queijo combinava muito com a torta de frutas vermelhas, quente e docinha.

– Hummm – disse o Pai Topo, agradecendo à Pixie Verdadeira. – Está deliciosa. Deveríamos comer isso de novo no Natal.

De repente, a Pequena Noosh ficou animada.

– Ahhh, o Natal é tão emocionante! Faltam apenas 188 dormidas para o Natal chegar!

Um rato feliz

Depois que Nikolas e os duendes foram para casa, Miika se encolheu no tapete ao lado da lareira.

– Bem, foi um dia e tanto, não foi, Pixie Verdadeira?

A *pixie* estava confortável em sua pequena cama.

– Foi. Um grande dia. E uma bela torta.

Miika suspirou, concordando. Seus olhos já estavam pesados quando ele olhou para a lareira, observando o brilho das brasas desaparecer lentamente.

– Acho que eu me preocupava demais tentando me encaixar.

– Sim. Eu também. É muito raro eu concordar com você, ou com qualquer um, mas a verdade é que nem todo mundo vai gostar de nós. Nem todos que conhecemos desejarão sempre o melhor para nós. E nem todos conhecerão a nossa verdade. Se as pessoas querem nos odiar, é mais fácil deixar que nos odeiem. Bom, é melhor ser odiado por ser o que a gente é do que ser amado por ser quem a gente não é. Ser algo que não somos é muito cansativo.

Miika bocejou e balançou a cabeça.

– Seja você – continuou a Pixie Verdadeira. – Seja sempre você. Não tente se diminuir para se igualar a alguém. Claro, é bom se encaixar. Mas não é tão bom quanto se destacar. Destacar-se é – ela procurou a palavra – excepcional.

Miika sorriu suavemente.

– Obrigado, Pixie Verdadeira.

– Ei, não agradeça a mim. Agradeça à verdade.

– Obrigado, verdade.

E ficaram em silêncio por um tempo.

– Miika? – disse a Pixie Verdadeira, sonolenta.

– Sim? – disse Miika.

– Estou feliz por você estar aqui.

– Obrigado, Pixie Verdadeira. Eu também estou feliz por estar aqui. E estou feliz por você estar aqui. Estou feliz por nós estarmos aqui.

E com isso, o rato fechou os olhos, pronto para dormir. Pela primeira vez, sentiu-se grato por ser quem era.

De certo modo, Bridget, a Valente, estava certa. Ele não era uma coisa nem outra. Mas por que iria querer ser? Ele não era metade isso ou metade aquilo. Ele era ele mesmo, por inteiro.

"Sim," ele pensou, "não há ninguém que eu gostaria de ser, só quero ser eu mesmo."

Um rato quentinho.

Um rato sonolento.

Um rato feliz.

Um ratinho chamado Miika.